GRöLS Verlage

„Bücher sind wie Fallschirme. Sie nützen uns nichts, wenn wir sie nicht öffnen.“

Gröls Verlag

Redaktionelle Hinweise und Impressum

Das vorliegende Werk wurde zugunsten der Authentizität sehr zurückhaltend bearbeitet. So wurden etwa ursprüngliche Rechtschreibfehler regelmäßig *nicht* behoben, denn kleine Unvollkommenheiten machen das Buch – wie im Übrigen den Menschen – erst authentisch. Mitunter wurden jedoch zum Beispiel Absätze behutsam neu getrennt, um den Lesefluss zu erleichtern.

Um die Texte zu rekonstruieren, werden antiquarische Bücher von Lesegeräten gescannt und dann durch eine Software lesbar gemacht. Der so entstandene Text wird von Menschen gegengelesen und korrigiert – hierbei treten auch Fehler auf. Wenn Sie ebenfalls antiquarische Texte einreichen möchten, finden Sie weitere Informationen auf www.groels.de

Viel Freude bei der Lektüre wünscht Ihnen das Team des Gröls-Verlags.

Adressen

Verleger: Hermann-Josef Gröls,

Im Borngrund 26, 61440 Oberursel

Externer Dienstleister für Distribution & Herstellung:

BoD, In de Tarpen 42, 22848 Norderstedt

Unsere „Edition | Werke der Weltliteratur“ hat den Anspruch, eine der größten und vollständigsten Sammlungen klassischer Literatur in deutscher Sprache zu werden. Nach und nach versammeln wir hier nicht nur die „üblichen Verdächtigen“ von Goethe bis Schiller, sondern auch Kleinode der vergangenen Jahrhunderte, die – zu Unrecht – drohen, in Vergessenheit zu geraten. Wir kultivieren und kuratieren damit einen der wertvollsten Bereiche der abendländischen Kultur. Kleine Auswahl:

Francis Bacon • Neues Organon • **Balzac** • Glanz und Elend der Kurtisanen • **Joachim H. Campe** • Robinson der Jüngere • **Dante Alighieri** • Die Göttliche Komödie • **Daniel Defoe** • Robinson Crusoe • **Charles Dickens** • Oliver Twist • **Denis Diderot** • Jacques der Fatalist • **Fjodor Dostojewski** • Schuld und Sühne • **Arthur Conan Doyle** • Der Hund von Baskerville • **Marie von Ebner-Eschenbach** • Das Gemeindekind • **Elisabeth von Österreich** • Das Poetische Tagebuch • **Friedrich Engels** • Die Lage der arbeitenden Klasse • **Ludwig Feuerbach** • Das Wesen des Christentums • **Johann G. Fichte** • Reden an die deutsche Nation • **Fitzgerald** • Zärtlich ist die Nacht • **Flaubert** • Madame Bovary • **Gorch Fock** • Seefahrt ist not! • **Theodor Fontane** • Effi Briest • **Robert Musil** • Über die Dummheit • **Edgar Wallace** • Der Frosch mit der Maske • **Jakob Wassermann** • Der Fall Maurizius • **Oscar Wilde** • Das Bildnis des Dorian Grey • **Émile Zola** • Germinal • **Stefan Zweig** • Schachnovelle • **Hugo von Hofmannsthal** • Der Tor und der Tod • **Anton Tschechow** • Ein Heiratsantrag • **Arthur Schnitzler** • Reigen • **Friedrich Schiller** • Kabale und Liebe • **Nicolo Machiavelli** • Der Fürst • **Gotthold E. Lessing** • Nathan der Weise • **Augustinus** • Die Bekenntnisse des heiligen Augustinus • **Marcus Aurelius** • Selbstbetrachtungen • **Charles Baudelaire** • Die Blumen des Bösen • **Harriett Stowe** • Onkel Toms Hütte • **Walter Benjamin** • Deutsche Menschen • **Hugo Bettauer** • Die Stadt ohne Juden • **Lewis Caroll** • *und viele mehr….*

Inhalt

Der Pfarrer von Kirchfeld

Volksstück mit Gesang in vier Akten

von

Ludwig Anzengruber

Personen:

Graf Peter v. Finsterberg.

Lux, dessen Revierjäger.

Hell, Pfarrer von Kirchfeld.

Brigitte, seine Haushälterin.

Vetter, Pfarrer von St. Jakob in der Einöd.

Anna Birkmeier, ein Dirndl aus St. Jakob.

Michel Berndorfer.

Thalmüller-Loisl.

Der Schulmeister von Altötting.

Der Wirt an der Wegscheid.

Sein Weib.

Hannsl, beider Sohn.

Der Wurzelsepp.

Landleute von Altötting und Kirchfeld.

Kranzeljungfern.

Musikanten.

Erster Akt.

(Jagdfanfaren, bevor der Vorhang aufgeht, schließen die Ouverture.)

Dekoration: Gebirgslandschaft; Coulisse: vom Hintergrunde ansteigende Felsen, in die Seite verlaufend und praktikabel, links ein kleines Haus, durch Aushängzeichen als Wirtshaus kenntlich gemacht, ein Tisch vorne rechts nahe an der Coulisse.

Erste Szene.

(Die Jagdfanfare setzt, während der Vorhang aufgeht, noch einmal und während die Szene frei ist und Graf ***Finsterberg*** *und* ***Lux*** *im Hintergrunde auf den Felsen erscheinen, das zweite und letzte Mal verhallend ein.)*

Lux *(rauher alter Weidmann, militärische Haltung, in die Szene links weisend).* Excellenzherr, dort drüben ist ein kapitaler Stand, da wechselt das Wild gerne.

Finsterberg *(graues Haar, in der Mitte gescheitelt, glattes Gesicht, hohe Binde, steif, trocken, aber aristokratische Manieren, Jagdkleid, gleichfalls in die Szene links deutend).* Das dort vor uns ist wohl Kirchfeld?

Lux. Zu dienen, Excellenzherr.

Finsterberg *(vorkommend).*In *dem* Pfarrsprengel wirtschaftet ja der Hell?

Lux *(folgt in respektvoller Entfernung)*. Hm, halten zu Gnaden, aber *(betonend)* unser hochwürdiger Herr heißt Hell.

Finsterberg *(hustet)*. Ja, ja, ganz gut. Ist er Ihm auch ins Herz gewachsen, Lux?

Lux. Mir? Halten zu Gnaden, ich bin Weidmann – Forstmann – ich geb' eigentlich auf keinen was, der da in einem gemauerten Häuschen was reden will von dem, der die weite Welt erschaffen hat.

Finsterberg *(rasch sich gegen Lux wendend)*. Lux, was soll das gottlose Reden?

Lux. Ist nicht gottlos, halten zu Gnaden, mag wohl bloß so aussehen; in so einem Gemäuer wird mir angst und bang, wenn da einer Gott und Welt 'neinsperren will und hat kaum eine Gemeinde drin Platz, da 'raus sollten sie kommen in grünen Wald, ho, da würden sie anders reden und der hochwürdige Herr Hell, das wär' so ein Waldprediger nach meinem Herzen – halten zu Gnaden!

Finsterberg *(lächelnd)*. Na ja, ja, Er Waldbär! – Ihm hält man manches zu gute, nur trag' Er das nicht unter die Leute mit den Welt- und Waldpredigern und bedenk' Er, daß der Satan, wenn ihm's um Seine Seele zu thun ist, auch einen grünen Rock anzieht, und drum hol' Er sich immerhin alle Sonntag sein Stück Christentum in dem gemauerten Haus da drüben.

Lux. Thu's ohnedem, Excellenzherr, verdrießt mich auch nicht, von wegen dem hochwürdigen Herrn Pfarrer dort, dem

Hell, der sagt: „Sei du brav und geh ehrlich deiner Wege, so sind's Gotteswege."

Finsterberg *(hustet erregt)*. Lux, thu' Er mir das neumodische Reden ab! Merk' Er's, das leid' ich nicht! Weg und Weg das ist ein Unterschied, auf Gottes Wege glaubt jeder hinzutraben und 's gibt doch Wege, wo er vor Hindernissen nicht hingelangen kann zu ihm und mag er sonst noch so wacker ausschreiten. – Bleib' Er hübsch auf dem, den man Ihm von Kind auf gewiesen hat, und dank' Er Gott dafür, daß Ihm dies Glück geworden ist.

Lux. Thu's ohnedem – halten zu Gnaden – nur mein' ich . . .

Finsterberg *(strenge)*. Lux, solche Leute wie Er haben nichts zu *meinen*; sobald sie das anfangen, hat alles Auskommen mit ihnen ein Ende. Ihr habt nichts zu meinen! Wir meinen auch nichts, wir nehmen die göttliche Weltordnung, wie sie da ist, mit allen ihren Vorteilen einerseits und all der schweren Verantwortung anderseits.

Lux *(hingeworfen)*. Ungeschaut!

Finsterberg. Und zu der letzteren gehört auch, daß wir die Leute, die wie Er sind, führen zu ihrem eigenen Besten, – das „Obenhinauswollen" führt zu nichts und vorgesorgt muß werden, daß ihr im alten guten Geleise bleibt, denn sieht Er, Lux, die göttliche Weltordnung bestand schon lange, länger als wir es denken können, und wird bestehen, solange es Menschen gibt. Wer sich dagegen auflehnt, dem wird's bald in seiner eignen Haut nicht wohl – warum? Er sieht, das Gebäude steht fest und ändern kann er's nicht, wie er auch dran rüttelt, und wer die andern dazu verführt. den muß man wegrücken aus deren Gemeinschaft.

Lux. Glaub's ohnedem.

Finsterberg *(nickt vor sich hin)*. Dabei bleib' Er, Lux, und wir bleiben die Alten. *(Zieht seine silberne Dose, greift bedächtig nach einer Prise.)* Die göttliche Weltordnung, Lux *(klopft ihm gnädig auf die Achsel)*, die ist wie sein Wald, ganz so, da ist nichts gewaltsam gemacht, da ist alles geworden und da kann auch nichts gewaltsam davon abgethan werden. Da stehen die gewaltigen vielhundertjährigen Stämme, die durch die Sonne Gottes großgezogen worden sind, da stehen sie weit gebreitet auf dem Boden, der ihnen gehört, da sie in ihm wurzeln, und dehnen sich durch den ganzen Raum, der ihnen zur Entfaltung verliehen ward, und das ist ihr Recht, denn den brauchen sie, auf dem stehen sie – weiß Er nun, Lux, warum das Unterholz ihnen nicht über den Kopf wachsen kann?

Lux. I natürlich, weil sie ihm den Raum dazu vorwegnehmen. Wenn der Regen vom Himmel fällt, so nehmen die Kronen das meiste weg und das Unterholz mag sich getrösten; wenn's nicht regnet, so tröpfelt's doch; und in der Erde rücken sie mit starken Wurzelästen die schwachen Faserchen beiseit'.

Finsterberg *(jetzt erst mit Befriedigung schnupfend)*. Sieht Er, Lux, so ist's, das ist die Weltordnung, das ist der Ständeunterschied; wie die großen Waldbäume das Unterholz vor dem Sturm, so schützen wir die Leute, wie Er ist, vor den bösen Gewitterstürmen der Neuzeit! *(Plötzlich launig.)* Sag' Er mal, Lux, wenn so ein Unterholz über die andern hinausschießt, daß Er befürchten muß, es fährt Seinen alten Kernstämmen mit den Aesten in die Quere, was thut Er da?

Lux. Versetzen, Excellenzherr, natürlich, versetzen den Waldverderber.

Finsterberg *(nickt lächelnd)*. Ja, ja, daß ihm der „Hochhinaus" die anderen Unterhölzer nicht verdirbt, durch die böse Lockung, versetzen, versetzen! Und wenn er das nicht verträgt?

Lux. Zehrt er ab, verdirbt. Ist aber kein Schade.

Finsterberg *(nickt für sich)*. Ja, ja, kein Schade, versetzen!

Lux *(nachdenklich)*. Halten zu Gnaden, Excellenzherr, das ganze Gleichnis, so gleichsam, vom Wald und Unterholz leuchtet mir schon ein, aber das vom Versetzen?!

Finsterberg. Wart' Er's nur noch ein Weilchen ab, Lux, dann wird's Ihm schon klar werden. Forstwirtschaft, Alter, die Er eben vorher nicht versteht.

Lux. Will schon aufpassen, Excellenzherr!

Finsterberg. Wer kommt denn da den Weg von Kirchfeld her?

Lux. Mein Seel', das ist der hochwürdige Herr!

Finsterberg. Der Hell?

Lux. Er selber, Excellenzherr! Wie der Wolf in der Fabel, nur mit dem gewaltigen Unterschied, daß er kein so gefährlicher Gesell ist.

Finsterberg. Hm, sag' Er das nicht so voreilig. *(Kleine Pause.)* Lux *(winkt ihm zu gehen)*, laß Er mich allein!

Lux. Excellenzherr!

Finsterberg *(unwillig)*. Marschier' Er!

(Lux ab.)

Finsterberg *(allein)*. Er lauft mir in den Schuß, wir wollen ihn aufs Korn nehmen; wenn er klug ist, so gewinnt er uns beizeiten noch die Witterung ab – wär' mir lieb, gäbe mir ein rechtes Ansehn das. St. Peter, mein heiliger Patron, nannte sich einen Menschenfischer, will heute auch einmal die Flinte aus der Hand legen und Menschenjäger werden. Weidmannsheil *(nickt für sich nachdenklich, indem er zur Dose greift)*, ja, ja, werd' mir zu teil. *(Wendet sich gegen den Kommenden.)*

Zweite Szene.

Voriger*, *Hell *(von links)*.

Finsterberg *(grüßend)*. Gelobt sei Jesus Christus!

Hell *(dankt)*. In Ewigkeit. *(Will vorüber)*.

Finsterberg *(vertritt ihm den Weg)*. Ich habe vielleicht noch die Ehre, gekannt zu sein?!

Hell *(ihn erkennend und sich verbeugend)*. Excellenz, Herr Graf von Finsterberg?! O, gewiß kenne ich den Mann, dem mich einst mein Gönner, der Propst von Elfkirchen, so warm empfahl und dessen großmütiger Fürsprache und Verwendung ich einzig meine Stellung verdanke. Ich darf wohl hoffen, dieser Verwendung bis nun keine Unehre gemacht zu haben?

Finsterberg. Hm, hm, Unehre?! Unehre, nein, jedoch verzeihen Sie, daß ich Ihnen kein Gegenkompliment machen kann, das verbietet, offen gesagt, die Aufrichtigkeit. Ihre Seelsorge wäre vielleicht gedeihlich in friedlichen Zeiten, wir leben aber in kritischen Tagen und ein Mann der streitenden Kirche sind Sie nicht.

Hell *(unruhig)*. Excellenz, wenn Tadel in diesen Worten liegen soll, so sei es aufrichtig gestanden, daß ich denselben nicht zu fassen weiß. Sie setzen mir da einen Zweifel in die Seele, der keinen Namen hat, denn bisher glaubte ich nur meine Pflicht gethan zu haben.

Finsterberg *(wiegt den Kopf)*. Ja, ja, der Beruf ist der verantwortlichste und der Hauptfehler junger Leute liegt darin, sie wollen andere leiten und sich nicht leiten lassen; und da braucht's eine feste Hand, die unbarmherzig die wunden Stellen ihrer eitlen Selbständigkeit berührt, die ihnen zeigt, wie sie daran gehen, sich unmöglich zu machen und ihre schöne Stellung samt aller Aussicht für die Zukunft um Flitter und Tand in die Schanze zu schlagen. *(Fast väterlich.)* Ich habe Ihnen einst die Hand zu Ihrem Emporkommen geboten, als ich Sie nicht gekannt, jetzt kenne ich Sie, weiß, was Ihnen not thut, werden Sie nun den Rat, den ich Ihnen zu Ihrem Fortkommen biete, zurückweisen?

Hell. O gewiß nicht! Ich bitte Sie vielmehr inständigst darum, Herr Graf.

Finsterberg. Ja, ja, mein guter Hell, da Sie darum bitten, so sollen Sie meinen Rat haben, so warm als er aus meinem ehrlichen alten Herzen kommt. *(Lächelnd.)* Brühwarm sollen Sie ihn haben! Hähähä . . . So treten Sie doch näher.

(Hell tritt langsam näher.)

Finsterberg. Sehen Sie, ich habe früher gesagt, Sie seien kein Mann der streitenden Kirche, jetzt sag' ich Ihnen noch obendrein, Sie sind auch kein Mann der herrschenden Kirche! – Na, nur nicht verzagt, mein Sohn, ich habe Sie niedergestreckt, ordentlich niedergestreckt, aber mit diesen Händen will ich Sie wieder aufrichten . . . hähähä! . . . lacht nicht; *(sehr jovial)* lacht nicht, der Tausendelementer – hähähä! Warum nicht?

Hell. Nun, ich dächte, die Sache wäre eben zu ernst, wenn Sie über meine Zweifel mich dadurch hinausführen wollen, daß ich Sie entweder dumm oder dreist verlache, dann bin ich der Mann nicht, den Sie je aufrichten, ich bin weder zur Gleichgültigkeit, noch zur Heuchelei angethan.

Finsterberg *(verbirgt seine Verlegenheit hinter ein groteskes Gesicht, pfeift vor sich)*. Hüh, ist das ein ernster Ritter und noch so jung. Nun gut! *(Legt plötzlich das Gesicht in ernste Falten.)* Also, bester Herr Pfarrer, halten Sie die zwei Begriffe fest: herrschende und streitende Kirche, das führt Sie zu dem Begriffe strenger Subordination, führt Sie zu dem Begriffe eines Oberhauptes, das diese Kirche beherrscht, das sie in stürmischen Zeiten befehligt.

Hell. Ich muß gestehen, ich habe den ersten Ausdruck stets nur im Sinne der *Demut* und den andern im Sinne *geistigen Kampfes* genommen; die Macht der Kirche ist doch der Glaube und der wohnt im Menschenherzen, hier herrscht die Kirche als Friedensfürstin und hier auch ist ihr Kampfgefild gegen die finstern Leidenschaften und Laster.

Finsterberg. Lieber Hell, nur nicht mit Phrasen und Bildern spielen, das mag bei Ihren Bauern taugen, doch unter uns bleiben wir hübsch auf dem Boden der Wirklichkeit; die Welt ist wirklich und Gott ist wirklich. Nehmen Sie auch ja nicht bildlich, was ich spreche.

Hell. Ich habe nie noch etwas bildlich genommen, das sich nicht wirklich verwerten läßt; bei unsern heiligen Büchern, die selbst die Bildersprache führen, hab' ich mich nie bedacht, das Bild im größeren Sinne zu nehmen; denn die Deutungen, sie müssen mit den Zeiten wachsen, sonst geht's dem Occident wie dem weiten Orient, der regungslos nun vor uns liegt wie ein über seinen Bildern eingeschlafnes Kind.

Finsterberg *(für sich)*. Spricht famos. Das gäbe einen Frauenprediger! *(Laut.)* Vortrefflich! Nur begreif' ich nicht, wenn Sie *so* denken, warum Sie nicht einen Schritt weiter gehen, dann stünden Sie ja mitten auf unserem Boden, auf dem Boden der Wirklichkeit! Wer, wie Sie es im Bilde thaten, Herz und Mensch trennt, erhält eben zwei Begriffe; wir lassen sie beisammen und haben es daher mit wirklichen Menschen zu thun, die fügen sich, oder fügen sich nicht, die werden daher beherrscht oder bekämpft.

Hell *(im Eifer ausbrechend).* Also hinweg mit allen Bildern – ich meine nicht den Bilderdienst, der auch dem Volke Greifbares bietet – hinweg damit, es spricht sich wirklich ohne sie viel leichter! Wenn's Menschen sind, die einerseits beherrscht werden oder bekämpft, so hat man anderseits nur wieder zwei Begriffe nicht zu trennen: die Kirche und die Priester – die sind eins und man hat es daher mit wirklichen Menschen zu thun, die herrschen oder bekämpfen.

Finsterberg *(erstaunt, mit freundlichem Kopfnicken).* Ihr seid gelehriger, als ich sonst einen in Eurer Lage gefunden habe. – Ei, freilich, das ist die richtige Fährte. Menschen, wahrhafte Menschen sind auf beiden Seiten: die herrschenden und die beherrschten, die kämpfenden und die bekämpften.

Hell. Also Menschen auf beiden Seiten? Und jetzt erlaubt, wie halten wir denn von all diesen vielen einzelnen Personen den Irrtum ab? Bei seinem Herzen anfragen, das darf nun keiner, das ist nur ein Begriff – wo frägt er sonst nun an, und wenn ja einer ohne Irrtum wäre . . .

Finsterberg *(lächelt, gewichtig). Den* frägt man, eben *den!*

Hell. Ist der so bei der Hand? – Ich fürchte, dann fangen wir erst an die Begriffe ganz zu trennen! Wenn dort ein Herz nach Trost schmachtet, wenn hier ein Herz in wilder Leidenschaft mit sich ringt, und ich darf nicht Trost noch Frieden spenden, frei aus eigner Hand, muß erst Nachfrage halten: darf ich's auch, so wie ich's meine? Ei, dann, Herr Graf, dann könnt' es leicht geschehen, daß ohne Trost das Herz bricht, daß ohne Hilfe das Herz verdirbt – und, Herr Graf, ganz wirklich ist dann mit dem Begriff der *ganze* Mensch gestorben und verdorben!

Finsterberg *(trocknet sich den Schweiß)*. Mit Euch, lieber Pfarrer, spricht sich's doch verteufelt schwer. Ihr kommt doch immer wieder auf die Bilder zurück und Ihr malt grell. Ob Ihr trösten, ob Ihr helfen, beispringen dürft, das zu entscheiden ist in der Wirklichkeit nicht gar so schwer; Ihr müßt nur fragen, ob es auch der Sache, der heiligen Sache dient, ob Ihr so thut oder so.

Hell. Gut, aber man muß doch bei *Personen* fragen, ob's der Sache dient.

Finsterberg *(fährt wieder mit dem Tuche über die Stirne)*. Wir werden uns leichter verstehen, wenn wir uns ganz auf den Boden der Wirklichkeit begeben. Es geht nicht anders. Wenn ich mir erlauben dürfte, Sie auf Fehler aufmerksam zu machen, die Sie bisher in Ihrer Amtsthätigkeit gemacht, das dürfte Ihnen vielleicht besser frommen, als mein theoretischer Kurs.

Hell. Ei, ganz gewiß.

Finsterberg.

Da ergibt sich ganz von selbst ein kleines Normale, denn durch Schaden wird man klug.

Hell. Jawohl, jawohl; doch dünkt mich das noch immer besser, als man wird – durch Nutzen dumm! Ich bitte, meine Fehler!

Finsterberg. Ja, ja, lassen Sie mich nur besinnen.

Hell. Sind ihrer so viele?

Finsterberg. Das nicht, das nicht, hähähä! *(Für sich.)* Mir scheint, der schraubt mich. *(Trocken belehrend.)* Ich will bei Ihrem größten Fehler, weil unverzeihlichsten, beginnen, wenn auch die andern gerade nicht die kleinsten sind. Jetzt, wo rings im Lande die fromme Stimmung im schönsten Flusse ist, wo das Volk zu den Versammlungen wallfahret, warum halten Sie Ihre Gemeinde davon ab?

Hell. Das thu' ich, ja, und heut und morgen thu' ich's und immer wieder. Das ist eine selbstmörderische Bewegung gegen das sich verjüngende Vaterland.

Finsterberg. Was Vaterland – mit solchen Gesetzen? Herr, dort ist unser Vaterland, jenseits *(weist gegen die Berge, verbessert aber rasch die Richtung des Armes gegen den Himmel)*, das heißt dort, dort ist unser Vaterland, jenseits! Was wollen Sie? Die Gesetze der Kirche und die Gesetze des Staates dürfen nicht miteinander in Kollision geraten!

Hell. Sonst heben sie sich gegenseitig auf, das war auch meine Furcht, darum handelte ich *so* und anders nicht!

Finsterberg. Schreckt Sie der Kampf? Pah, die Kirche hat dabei nichts zu fürchten, die Kirche ist ewig!

Hell. Der Mensch jedoch ist's nicht, sollen alle Segnungen und Tröstungen der Kirche für diese und vielleicht für mehrere Generationen sistiert werden – und warum? Um Sturm zu laufen gegen das Vaterland? Herr, das kann niemand fordern!

Finsterberg. Man kann's, man wird's! Glaubt Ihr, umsonst ist jetzt die ganze Christenheit zu Rom versammelt? Von dort wird Euch der Tagbefehl und, Hell, ich rat's Euch gut, dem gehorcht.

Hell *(schmerzlich)*. Also doch?! Wie oft schon lag wie hier das Morgengrau, eine nahende, neue Zeit, über der schweigenden Erde, da traten sie zur Kirche heran, die vorwärtsdrängenden Gestalten, da bot Calvin, da bot der Wittenberger Mönch die Hand, jedoch die Hand ward nicht erfaßt, der Schritt ward *vorwärts* nicht gethan; in dem Entsetzen, das die Lenker faßte, geschah er stets *zurück! (Zum Himmel.)* Und doch, die Sonne neuer Zeit, sie fand noch immer deine Kirche, o laß sie jetzt doch nimmermehr sündigen auf ihre Ewigkeit!

Finsterberg. Das ist Gefasel, junger Mann; wer sündigt je durch festes Vertrauen auf eine heilige Verheißung! Aufrecht muß sie erhalten werden, die alte Ordnung mit allen Mitteln, die uns zu Gebote stehen, das fordert diese Zeit; gestützt, gestachelt müssen die Schwachen, genährt die Feuergeister werden, das hat man als notwendig erkannt. Wißt Ihr vielleicht es besser, was der Herde frommt, als die, die deren Hirtenstäbe führen?

Hell. Und sind sie denn darüber so einig, alle, alle wie *ein* Mann?! Und warum, warum frag' ich Euch, könnt' ich es nicht am Ende besser wissen, als wie ein anderer, der meinen Sprengel nie mit Augen sah? Warum gerade sollen wir nicht wissen, was da not thut, wir, die wir dem gläubigen Volke unvermittelt, unvertreten bei Tag und Nacht, in Frost und Glut zur Seite stehn? Wir trösten sie auf ihren Sterbelagern, wir stehen an den Wiegen ihrer Kinder, wir segnen sie am Traualtare, wir nehmen unters Beichtsiegel, was sie reuzerknirscht in unsere Ohren flüstern – und wir, wir sollten es nicht wissen, was in des Volkes Herzen pocht und hämmert?! Wenn's sonst in der Welt gestürmt hat und getobt, wenn's rings von Zwiespalt und von rauhen Kämpfen widerhallte, da konnten die Bedrängten noch zur Kirche flüchten, da standen die zwei gewaltigsten Gedanken Wacht, die je ein sterblich Gehirn erfaßte, die Ewigkeit, der Gottgedanke, in ihrer Größe schmolz die Zeit und alle Not und Sorge, wie Schnee auf den Gebirgen vor der Maiensonne, und Frühling ward's in den kummervollen Herzen! – Nun lasset die Beladnen kommen. – Nun setzt sich in der Kirche fort der Kampf des Tages, das heilige Buch ist von der Kanzel ganz verschwunden und wie wenn er sie als Verlobte verkündigen wollte, wirft der Prediger den Glauben und die Politik von der Kanzel unters Volk. Wollt Ihr der Sorge und der Not ihr heiliges Asyl, die Kirche, rauben? O, seht doch zu, was Ihr beginnt! Ich hab's zum öftern gesagt nach der Schrift: „Der Obrigkeit sollt ihr gehorchen." Soll ich nun sagen: Der Obrigkeit sollt ihr *nicht* gehorchen? Ich hab' gesagt, für eure Feinde sollt ihr beten – sag' ich nun das Gegenteil? Soll ich statt Trost den Zweifel bieten, statt Friede Zwiespalt säen? Und was nun, wenn sie kommen fragen: Sind meine Eltern selig, die dort auf dem kleinen Friedhof ruhn? Was sag' ich, sag' ich ja oder nein? Sag' ich ja, so werden sie erwidern: Die haben all das nicht geglaubt, was du uns nun sagst und sind doch selig, so brauchen wir es auch nicht zu glauben! Sag' ich nein, so treff' ich sie ins Herz und sie werden fragen, warum man denn nach Christi Geburt schon 1800 schreibt, da der Erlöser heut doch erst gekommen und niemand früher selig werden konnte?! Und die, die gar nicht fragen kommen, die haben wir wohl nötiger, wie sie uns, ganz wirklich, Herr, nicht bildlich gesprochen.

Finsterberg *(verbissen)*. Wie Ihr bei solcher Ansicht noch in unserer Gemeinschaft bleiben mögt, begreif' ich nicht.

Hell. Das ist's, so war's noch immer! Wenn einem sein Gewissen höher galt, als Euer Meinen und heiliger sein Beruf, als Euer Vorteil, da saht Ihr zu, wie er mit Geschick wohl zu verlieren war, dann hieß es: Er war ein Apostat! Mit Denkenden unter Euch könnt Ihr nur in zwei Arten rechnen, als Gleichgültige oder Abtrünnige löst Ihr sie aus; ich bin weder zu dem einen noch zu dem andern zu gebrauchen, ich bleibe, wie ich bin!

Finsterberg. Dann hütet Euch vor der Exkommunikation.

Hell *(auffahrend)*. Ausstoßen aus der Gemeinschaft, der ich nach bestem Wissen und Gewissen diene?! Man schleudert heutzutag den Bannstrahl nicht so leicht, man weiß es, der Verlorene lacht des Pfeiles, der matt ihm von der Brust abprallt, und nur die treuen Herzen trifft er schmerzvoll, unverdient; das beste Werkzeug würfe man zerbrochen so beiseite, um mit stumpfen zu arbeiten! Ausschließen mich? Ihr macht mich lachen! Aus welcher Gemeinschaft denn, aus Eurer? Der gehöre ich doch nicht an. Und Euch für eins zu halten mit jener Gemeinschaft, deren Heiligkeit ich anerkenne, der ich mit allen meinen schwachen Kräften diene, so weit werdet Ihr doch wohl Euren gnädigen Scherz, für welchen ich nunmehr mit kaltem Blute diese Unterredung halte, nicht treiben wollen.

Finsterberg *(wütend)*. Und wenn ich Euch den Ernst zu Gemüte führe, daß Euch die Augen übergehen, wenn ich Euch beweise, daß ich eins bin mit jener Gemeinschaft und was ich in derselben zähle.

Hell *(ruhig)*. Das ist nicht wahr!

Finsterberg. Bei St. Peter, meinem Patron, es ist!

Hell *(wie oben)*. Münchhausen, St. Münchhausen, wollt Ihr sagen, denn Ihr gebt mir eine Lüge mit auf den Weg!

Finsterberg *(toll)*. Herrgott!

Hell *(geht)*. Gott befohlen!

Finsterberg *(nachschreiend)*. Verblendeter, zittre vor den Folgen.

Hell *(sich im Gehen wendend)*. Ich erwarte, was Ihr beginnt!

Finsterberg *(knirschend)*. Du nimmst den Kampf auf?

Hell *(schon an der Coulisse)*. *Der* ist *Eure* Sache, meine ist die Pflicht! *(Ab links.)*

Finsterberg *(allein)*. Element, das hat mir noch keiner gesagt, so ist mir noch keiner gekommen! Lux – verdammt – Lux, keinen sichern Schuß hab' ich für heute in der Büchse, so zittert mir die Hand vor Aufregung! Ho, er soll an mich glauben! Lux – der Millionenhund läßt sich nicht sehen, dem will ich einstweilen seinen Waldprediger eintränken! *(Stürzt rechts ab.)*

(Schon nach dem Abgange Hells beginnt die Musik pianissimo einzelne Stellen des Wallfahrerchors und Hochzeitreigens, beide Tonstücke zugleich wie in Tönen herübergeweht, zu spielen.)

Dritte Szene.

Nach dem Abgange Finsterbergs von links der ***Wirt*** *und die* ***Wirtin****, mit Rechen und Kreunze auftretend, welche sie vor der Hütte ablegen, dann* ***Hannsl****.*
Zuletzt ***Wallfahrer****,* ***Schulmeister****,* ***Loisl****,* ***Michel****.*

Wirt. Horch, wie's der Wind 'rüberweht, 's muß a Musik in der Näh' sein!

Wirtin. Ich hör's schon die längste Zeit, i hab' unsern Hannsl auskundschaften g'schickt.

Wirt. 's liegt in der Luft wia a Kirchlied und a Schnaderhüpfel.

Hannsl *(kommt gelaufen von links)*. Voda, Muada, i weiß schon, was's gibt.

Wirtin. Na, was denn?

Wirt. Na, so laß den Bub'n nur Luft schöpfen.

Hannsl *(deutet nach rechts)*. Von da oben kommen die Altöttinger, die nach Matrey zur Volksversammlung ziehn; i hab's gleich kennt an ihnere Kirchfahnen, und von da auffa *(zeigt nach links)* kommen die Kirchfelder mit einer Hochzeitsmusik.

Wirtin. Die Kirchfelder? Ja, was thun denn die da, heirat' 'leicht eine weg vom Ort?

Hannsl *(gewichtig). Alle zwei* heiratens außer 's Ort!

Wirt. Dummer Bub, *eins* muß doch ins Ort g'hör'n.

Hannsl *(lacht).* Leicht nöt! *Alle zwei* g'hör'ns ins Ort.

Wirt. Du bist a Lapp, nachert brauchen s' ja nit außerm Ort sich kopulier'n z'lassen!

Hannsl *(stemmt die Arme in die Seite, belehrend).* Ja wohl, denn sie gehen aufs Bezirk und lassent sich dort kopulier'n, weil die Braut lutherisch is. Wißt's, es is a Zwifil-Ehe!

Wirt. Nöt möglich!

Hannsl *(beteuernd).* Na, wenn ich's sag', so is's a Red'! Der Thalmüller-Loisl heirat' die lutherische Bernbrunner-Franzl.

Wirtin. Da könnt' man schon irr' werd'n, was s' heuttags für neue Bräuch' aufbringen.

Hannsl *(stößt den Wirt an).* Voda, die Muada wird am Neuchen irrsinnig, das heißt man „reaktionnarrisch".

Wirt. Jetzt werd' i dir aber gleich, kecker Bub –

(Forte. Musik.)

Walllfahrerchor *(hinter der Szene, von oben rechts).*
O stärk uns, Herr, an Seel' und Leib,
Auf daß wir rüstig kämpfen,
Des Satans höllisch Sündenreich
Und seinen Hohn zu dämpfen!

Wirt *(läßt den Schopf Hannsls fahren).* Da sein's schon!

Hannsl. Dös is g'scheit!

Hochzeitsreigen *(hinter der Szene, von Seite links).*
Heirassa, Hochzeit is,
Das is recht schicklich,
Heirassa, brave Leut'
Werd'n all'mal glücklich.

Hannsl. Juhu, da sein die a, jetzt kann's was setzen!

(Während die beiden Züge sichtbar werden, nach und nach die Wege herauf- und hinabmarschieren, singen sie da capo, doch gleichzeitig, jeder einen **Chor**. *Der Gesang bricht momentan ab, wie der Schulmeister sein „Halt" schreit; der Zug der Wallfahrer hat dem Hochzeitszug den Weg zu verlegen; sobald beide Züge also stehen, ruft:)*

Schulmeister. Halt! Was für profane Töne schlagen an unsere Ohren?!

Michel *(Zugführer des Brautzuges, geputzt mit Bändern und Blumen, eine große Stange tragend, ebenfalls mit Blumen aufgeputzt, an deren Ende ein riesiger Strauß).* Na, was gibt's? Laßts uns ruhig vorbeipassier'n und gehts euern Weg.

Schulmeister. Halt, sag' ich! Seh' ich recht? O, langmütiger Himmel! Altöttinger, hier seht ihr den ganzen Greuel des Unglaubens, der mit der sogenannten neuen freien Zeit über die Welt, ja selbst über unsere friedlichen, frommen Thäler hereingebrochen ist! Während wir zu unserer Erbauung nach Matrey ziehen, seht ihr hier die Kirchfelder, aufgeputzt wie die Schalksnarren, unter Sang und Klang den breiten Pfad der Sünde wandeln; diese Gemeinde schickt keinen einzigen

Mann nach Matrey! Warum nicht? Weil sie einem öffentlichen Sünder das Geleite geben muß.!

Michel. Das gang dich und ganz Altötting ein' Teufel an; aber weil d' dich gar so kratzt, wo's dich doch nicht juckt, so kannst auch wissen, warum wir nicht nach Matrey gehen; weil unser Herr Pfarrer g'sagt hat, wir sollen's sein lassen, die Herren dorten könnten alles, was sie reden, recht gut meinen, aber wir könnten 's falsch verstehn!

Schulmeister *(hustet verlegen)*. So, so, der Herr Pfarrer, hm, hm!

Michel. Ja! Und was ich weiß, das is, daß uns in Matrey und anderswo nur g'sagt wurd', die neuen G'setz' sei'n nix nutz – von den nämlichen Leuten, die ehnder es nit der Müh' wert g'funden hab'n, uns aufz'klär'n, warum grad die *alten* was hätten taug'n soll'n!

Schulmeister. Schweig du und laß mich reden! Thalmüller Loisl, öffentlicher Sünder, tritt vor, ich beschwöre dich, tritt vor. Siehst du nicht in dieser wunderbaren Begegnung, die ist, als ob sich dir die Heerscharen des Himmels selbst entgegenwürfen, einen Fingerzeig des Himmels?! Noch ist es Zeit, laß die unheilvolle Hand der Ketzerin fahren! Willst du der erste sein, der unserm Lande das verdammungswürdige Beispiel einer solchen Ehe gibt?

Loisl *(verlegen)*. Aber, Schulmeister, einer muß doch anfangen.

Schulmeister. Lästerung! Keiner darf anfangen! Hast du auch den Schritt wohl überlegt, wie willst du mit der Haus-

und Kinderzucht aufkommen? Dein Weib haltet nichts auf deinen Glauben und lacht dich hinter deinem Rücken aus – und was kannst du auf ihren Glauben geben, ohne selbst den deinen zu verleugnen? Was aber willst du deinen Kindern einst sagen, wenn sie so klug geworden sind und dich fragen: Wer glaubt denn recht von euch beiden, du oder die Mutter?

Loisl *(kratzt sich hinterm Ohr)*. Das werd'n die kloan Sakra doch net frag'n.

Schulmeister *(triumphierend)*. Das werden sie, verlaß dich drauf, das werden sie gewiß.

Michel *(schlägt Loisl auf die Achsel)*. Zerstudier dich net, sag ihnen das, was man uns vor Zeiten g'sagt hat, wann wir ung'leg'n g'fragt haben: „Halts es Maul!"

Schulmeister. So redest du? Begreiflich, sehr begreiflich, du hast uns ja selbst enthüllt, daß ihr Kirchfelder einen reißenden Wolf im Schafspelze zum Pfarrer habt!

Loisl. Unsern Pfarrer verschimpf uns nit, du reißend's Schaf im Wolfspelz! Uns dekuraschierst net, wenn du auch noch so herumschreist! Wie wir heut morgen auszogen sein aus unserm Ort, so sein wir auch am Pfarrhof vorbei. Wer steht an der Thür? Der Herr Pfarrer! Wir grüßen ihn, er lacht freundlich, ich nehm' mir ein Herz, denn denk' ich mir, es ist wegen der G'meind', es gibt ja vielleicht doch manche, die etwa glauben, ich begeh' a Todsünd', weil ich die Franzl heirat', die a Lutherische is – ich geh' also hin mit ihr, wir küssen ihm die Hand und ich sag': „Hochwürden, ich thät' recht schön bitten –" Und verstanden hat er mich, hat ihr die

Hand aufs Köpferl g'legt und hat g'sagt: „Der Herr geseg'n und behüt' dich!“ In der Kirch'n hat er das freilich nit können, aber unser Pfarrer is a ein Pfarrer außer der Kirchen!

Schulmeister. Und soll es uns denn wundern, wenn da das Verderben hereinbricht?! Die Langmut Gottes ist unendlich –

Michel. Aber doch nit so lang wie du, Schulmeister, sonst wär' s' schon lang' ab'brochen! *(Lachen.)*

Schulmeister. Du spottest – und ihr lacht?! Lachet nicht!

Michel. Jetzt halt 's Maul und red: Willst du uns Kirchfelder ruhig vorbeilassen oder nit? Sag's, nachher wissen wir schon, was wir zu thun haben.

Schulmeister *(zieht sich furchtsam zurück, hinter ein paar Bauern hervoragierend)*. Laßt euch vorerst doch sagen, welch eine furchtbare Sünde es eigentlich ist, eine Lutherische zum Weibe zu nehmen!

Michel. Lost's zu, das werd' ich euch sag'n! Musikanten, mein Kirtaglandler!

Alle. Juhu!

(Musik.)

Schulmeister. Ich protestiere!

Michel *(singt)*.
Lied mit Chor.
's nimmt einer gar oft a
Rechtglaubige Dirn,
Die nachhert im Ehstand
Thut erst protestiern!

Doch, wenn ihm in d'Aug'n
A Luthrische lacht,
Kann's sein, daß im Ehestand
Katholisch er s' macht!
(Jodler mit Chor, Tanz.)
Gehts, schimpfts nöt, gehts, schreits nöt,
Oes ketzrische Bruat,
A lutherisch Derndel
Bußt grad a so gut!

Es is a der Gottseg'n
Bei ihr net verdurb'n,
A lutherisch Weiberl
Kriegt a klane Bub 'n.

(Jodler mit Chor.)
(Diesmal singen und tanzen die Wallfahrer mit.)

Schulmeister *(wirft sich dazwischen)*. Vorwärts, vorwärts, fromme Gemeinde von Altötting! Zwar seid ihr auch ein nichtsnutziges Volk und habt eben um das goldene Kalb getanzt und ich sollte euch wie Moses zwei Steintafeln an den Kopf werfen.

Michel. Ja, Kehlheimerplatten!

Schulmeister. Aber ich will Nachsicht haben mit eurer Schwachheit, Nachsicht um der Sache willen, der wir heute dienen. *(Kräht vorsingend.)* O stärk uns, Herr, an Seel' und Leib!

Chor *(einfallend)*. Auf daß wir rüstig kämpfen u. s. w.

Hochzeitschor. *(fällt ein und beide Züge ziehen nach entgegengesetzten Seiten, als wo sie gekommen, ab)*

Wirt *(der am Ganzen teilgenommen)*. Jetzt weiß man erst wirklich net, wer recht hat.

Hannsl *(lacht dumm)*.

Wirt. Was lachst denn?

Hannsl. Weil der Voda fragt, wer recht hat, und sie hab'n gar nit g'rauft!

Wirt. Na und was war' denn dabei 'rauskäma? Recht bleibt Recht.

Hannsl *(keck)*. Ja freilich, wer d'Schläg kriegt, hat allemal unrecht.

Wirt. Mir scheint, du wirst aber gleich auch unrecht hab'n!

Hannsl. Das gibt's doch net; ich verkriech' mi hinter d'Muada, bis i so stark bin wie der Voda, donn kimm i schon herfür. Dös „Verkriechen" heißt man Konferenz.

Wirt. Zum Teufel, wer setzt dir denn das Zeugs in Kopf?

Hannsl *(stolz)*. Ich hab' doch im Meraner Hotel für Fürsten und Grafen die Teller g'waschen!

Vierte Szene.

Vorige. Wurzelsepp *(Gebirgstracht, Kniehose und Bergstrümpfe, Gangstecken und Kreunze mit Blätterwerk, der ganze Anzug zerfetzt. Vierziger, finster)*.

Sepp *(wirft, ohne zu sprechen, Gangstecken und Kreunze zur Erde und setzt sich an den Tisch).*

Hannsl. Grüß dich Gott, Monbua!

Sepp *(gibt ihm einen Rippenstoß).* Willst du 'leicht mit mir anbahneln?

Hannsl *(weinerlich).* Na, aber hundertmal sag' ich so zu dir und du lachst dazu.

Sepp. Heut bin i zu die Dummheiten nit aufg'legt. Bring mir ein' Wein.

Wirt. So zeitlich heut? Willst so fruh in die Stadt?

Sepp. I geh' heut nit in d'Stadt.

Wirt. Na und auf die Berg kraxelst a nimmer herum um Kräuter für die Apothek?

Sepp. Mi leidt's heut an keiner Arbeit.

Wirt. Hast g'wiß heut wieder dein süffigen Tag? Schau, Sepp, es ist dir vergunnt, aber ich will's net aufs Gewissen nehmen, daß du dein bissel Geld bei mir sitzen laßt.

Sepp. Was i verlang', wird zahlt, das weißt. Wenn i nücht' bleiben will, brauch' ich dich net, wenn ich aber einmal nix von mir wissen will, gleichwohl ich auf der Welt bin, geht's dich doch nix an.

Wirt. Na, es war nur g'redt, mir kann's ja recht sein, es war ja nit schlecht g'meint.

Hannsl *(hat Wein gebracht).*

Sepp *(hastig getrunken).* Net schlecht g'meint? Das weiß ich, dazu bist du viel zu dumm! *(Schlägt in den Tisch.)* Ich sag' dir aber, es is alles eins, ob der Mensch dumm is oder schlecht! Ihr und die ganz G'scheiten, die ein'm Hirn und Herz aus'm Leib herausdisputier'n woll'n, seids doch *ein* Bandl; wann sich a ehrlicher Bursch amol aufbäumt und sagt: „Laßts mir Hirn und Herz, wie mir s' unser Herrgott in Leib einigeb'n hat!" da seid's ihr bei der Hand und duckts ihn unter, ganz unter, und wenn er euch unter den Fäusten liegen bleibt.

Wirt. Aber Sepp, besinn dich, es thut dir ja kein Mensch was!

Sepp *(aufsehend).* Jetzt freilich nimmer! *(Heftig.)* I bin ein anderer, aber ös seids die Alten!

Wirtin. Aber du bist heut wieder a Wildling! Und wie du ausschaust!

Sepp. Ahan, fallt's dir schon auf die lüftige Kluft, denkst dir selber, daß i net vom Haus so weg bin. Los' zu, Neugierige, wann's dich verintressiert. *(Zu Hannsl.)* Füll' nach.

(Kleine Pause.)

Wirtin Wo warst denn nachher?

Sepp. Laß dir verzählen. Gestern haben s' schon in unsere Nest herumtrommelt wegen dem Thalmüller seiner Hochzeit. Denk' i mir, morgen hast so kein Ruh, die Dirn' werd'n di necken, weil d' ledig bist – dö Gäns, als ob's an mir g'leg'n wär', daß i kein Weib kriegt hab', – i mag a nit dabei sein seit der Zeit bei einer Hochzeit – i mag net – beim Thalmüller schon gar net! *(Sehr niedergeschlagen.)* Aber schon gar net, ich weiß warum! Denk' i mir also, den Tag wirst dich 'nunterrackern und nachts wirfst dich aufs Heu und drehst di nit amol im Schlaf um; is auch gut, weißt von nix und willst von nix wissen! Halbnachtig war's noch, wie i mit der Kreunzen aus'm Haus bin, durchs Dorf auf'n Gamskogl zu – kein Hahn hat sich noch g'rührt, kein Hund und selbst der Wind war noch wie verschlafen und hat nur so a bisserl hing'wachelt, kaum daß er a Blatt'l auf'n Baum g'rührt hat – und i bin immer höher und höher hinaus nach'm Gamskogl zu, daß mir warm word'n is, und oben hab' i mi niederg'setzt und hab' ausg'rast' und g'wart', bis die Sonn' über'n Watzmann heraufkommt – sie is heraufkommen, langsam, ganz langsam, rot wie a glühende Kohl'n is s' da vor mir g'hängt; wie i so in die graue Welt g'schaut hab' – und ein G'frier is euch übers Land gangen, daß i mein' Jacken enger an mi anzog'n hab'. Ahan, hab' i mir denkt, die kalte Finstern macht sich noch einmal breit vor ihr'n End'. Aber der Nebel is in Fetzen zerfahr'n und Viertelstund um Viertelstund hat ihn die Sonn' mehr und mehr auf die Seiten druckt, bis er nimmer hat auskönnen – und da 'nein hat er sich in die tiefe Klamm und dorthin in d'Höllschlucht verschlossen. Mir hab'n die Aug'n schon weh than – und die Sonn' hat so freundlich geschienen und i hab' mir denkt: Was's doch die Sonn' gut hat, sie kann's derwarten, a Neichtel Zeit und sie leucht' halt doch üb'rall hin! *(Senkt den Kopf.)*

Wirtin. Na und nachher?

Sepp. Nachher hab' i ang'fangt Wurzeln ausz'stechen und Kräuter ausz'rupfen. als ob s' mir was anthan hätten, und hab' die Zähn' dabei übereinand' bissen – aber *der* Gedanken is mir net aus der Seel' 'gangen: Der Mensch aber kann's nit derwarten – a Neichtel Zeit und er is selber nimmer! Und dann is's so kummen nacheinander, wie wenn sich's vom Spinnradl abzwirnt, alles, was i erlebt hab', ohne daß i nur a Tipserl hätt' daneben werfen können, wenn i auch mög'n hätt', und da hab' ich 's Grabzeug von mir g'worfen und mich am Rand vom Gamskogl hing'legt und hinunterg'schaut in die weite Welt. – Gradüber auf der Edelwiesen is Altötting g'leg'n und drunt' tief im Thal unser Dörfl, Kirchfeld. – In Altötting hab 'n s' mit alle Glocken g'läut' und mit Fahnen sein s' auszog'n – und von Kirchfeld auf amol schallt's so 'raus, als ob mich einer mit der flachen Hand stad aufs Ohr hauet – da hab'n s' an Pöller g'löst – und bald darauf hab' ich's auch heraufziehn g'sehn. – Haben sie sich net da 'troffen auf der Bergstraßen?

Wirt. Freilich!

Sepp. Und sein s' so gut auseinander kämma? Dö können nach Matrey und der Loisl nach der Stadt? Is keins derschlag'n word'n?

Wirtin. Ei beileib!

Sepp *(wild)*. So setzt er's doch durch? Möglich is's auf amol, was früher net 'gangen is?!

Wirt. Wer, was?

Sepp *(abbrechend)*. Wie i so oben steh' und seh' die Altöttinger hinunter- und die Kirchfelder 'raufwurl'n, net größer wie die Ameisen, da hätt' i mög'n der Herrgott sein, i hätt' 'nunterg'langt und dös Unziefer mit der Faust zerdruckt. – Nimmer g'litten hat's mi oben, mein Gangstecken hab' i gnummen und bin über die steile Wand 'runter . . .

Wirtin. Heiliger Gott!

Sepp. Neben meiner is's losbröckelt vom Stein und 'runterpoltert und hat oft erst langmächtig darnach unt' in der Tiefen aufg'schlag'n – und i alleweil 'runter – und da hab' i mi so zug'richt'!

Wirtin. Du hätt'st di dabei totkugeln könna.

Sepp. Wär' a nix drang'leg'n!

Wirtin. Du red'st wie a Heid! Schau, Sepp, is's denn wirklich wahr, was die Leut' von dir red'n?

Sepp. Von mir reden s' gar viel; wann i erst zu allem ja oder nein sagen müßt', thät's mich verdrießen.

Wirtin. Nur eins möcht' i wissen, in Kirchfeld heißt's, daß man weder di noch dein' Mutter in der Kirch' sieht?

Sepp *(plötzlich sehr schroff)*. Weißt, Wirtin, mein' Mutter is ein arms alts Weib, die is nimmer recht bei sich – die kann für nichts, die laßts mir in Fried'.

Wirtin. Aber du?

Sepp *(lacht trotzig)*. Mich laßts auch in Fried'!

Wirtin. Schau, Sepp, das is net schön von dir, ös habts neuzeit, wie i hör', so ein' lieben guten Herrn Pfarrer; schon dem z'lieb, wann net dir zum Heil!

Sepp *(wild)*. Was kümmerst dich um mich? Bin i dir 'leicht auf d'Seel 'bunden? Bist du verantwortlich für mich? G'wiß net! G'sagt hab'n sie's dir, was wir für ein' guten, lieben Herrn Pfarrer hab'n? Glaubst du's, is's gut für dich – ich net! I hab' sie kennen g'lernt und i will amol mit keinem was z' thun haben – weil i net will! Der müßt' erst kummen, der mir saget, was mir gefallt, der so thut, wie mir recht wär'. Es gibt kein'n, 's kann kein' geb'n und i weiß, wie i dran bin mit allen – mit allen! Sie singen doch *ein* Lied, der eine grob, der andere fein, dö Wörter sein d'nämlichen.

Wirtin *(ängstlich)*. Also bist wirklich der Dorfketzer von Kirchfeld, wie s' sagen?

Sepp. Besser Dorfketzer, als Dorfhetzer! I kümmer' mich wenigstens um kein' Menschen, was er thut und treibt und trag's nit herum im Dorf und in der Fremd' und hetz' ihm nit die andern auf'n Hals. *(Trinkt und lüftet sich das Halstuch.)* Und jetzt laßts den dummen Diskurs, ös verstehts mich net und ich begreif' euch samt eurer Frummheit net, dö sich um den andern Leuten ihr' Seligkeit so viel kümmert! Oes kommts doch nit blind auf die Welt, wie die jungen Hund', aber sehet werds doch euer Lebtag net!

Wirt *(stößt seine Frau mit dem Ellbogen an)*. Den bringst du nimmer auf gleich!

Sepp *(hat den Kopf gesenkt, hebt ihn)*. Kannst recht hab'n! Herentgeg'n bin i aber a ordentlich verkrüppelt und zermudelt word'n!

Fünfte Szene.

***Vorige*. *Annerl* (ländlicher Sonntagsstaat, Bündel unterm Arm).**

Entrée.
Dö Fischerln im Bach
Und d'Vögerln am Boam,
Dö wissent wo s' hing'hör'n
Und hab'n ihr Dahoam.
Nur 'n Menschen treibt 's G'schick
Oft hinaus in die Fremd',
Wenn er glei vor Hoamweh
Und Herzload derkämmt!
(Jodler.)
Dahoam hat mi angelacht
Beim Bacherl der Steg,
Dö Häuserln im Dörfel,
Jed's Stoanderl am Weg,
Doch weit von dahoam
Schaut jetzt fremd alles her,
Als ob i schon selber
Vergangen lang wär'.
(Jodler.)

Sepp *(hebt den Kopf nach ihr)*. Du Derndl –

Annerl *(wendet sich gegen ihn)*.

Sepp. Hat's dich 'leicht a bei der Falten 's Unglück, weil d' so traurig singst?

Annerl. 's is ma wohl nie gut gangen, aber hitzt weiß i gar nimmer, was's werden wird.

Sepp *(bietet ihr den Krug)*. Trink eins.

Annerl *(legt die Hände ans Mieder)*. I dank' schön, i kann net!

Sepp. Dir verschnürt 's Mieder ja völlig die Red', bist g'wiß g'loffen wie nit g'scheit?

Annerl. Ah na!

Sepp. Wann d' scho nit trinkst, so setz dich a weng – oder versäumst's?

Annerl. I soll nach Kirchfeld.

Sepp. So! I bin a Kirchfelder, kann i dich 'leicht weisen?

Annerl. Dös wär' recht schön von dir, Landsmann, wann d' mit mir gangst. Ich kann dir's net sagen, wie mir is; ich hab' heut mein lieb's Heimatdörfel verlassen und bin 'gangen, 'leicht auf Nimmerwiedersehn. Seit fruh bin i wie träumet die Berg 'raufg'stieg'n und hab' mir nit 's Herz genommen, daß i ein' Menschen g'fragt hätt' um den Weg; auf a paar bin i zu'gangen, aber mir is 's Wasser in die Aug'n geschossen, daß von mir wegg'schwommen sein, und sie war'n a schon weit weg, wann i nachher g'schaut hab'; sie müssen denkt hab'n, i bin a Bettlerin, oder nit recht g'scheit. Du bist der erste, der mich ang'red't hat, i hätt' kein' Red' von mir 'bracht.

Sepp. Ich hätt' dich a nit ang'red't, wann d' net so traurig gesungen hätt'st; aber dös is halt mein Gusto, andere sein gern dabei, wo's lustig und i, wo's traurig hergeht.

Annerl. Es wär' mir recht lieb, wann d' mi weisen wollt'st, so brauch' i kein' Menschen mehr Red' z' stehn als am Ort, da muß's freilich sein und i fürcht' mi schon drauf.

Sepp. Wo willst denn hin?

Annerl. Zu euern Pfarrer.

Sepp. So. Was willst ihm?

Annerl. Unser Pfarrer – i bin von St. Jakob in der Einöd' – legt a guts Wörtl bei ihm ein, daß er mich aufnehmet in Dienst.

Sepp. Schau.

Annerl. I bin völlig verzagt, wenn i denk', daß i dienen soll.

Sepp. Hast recht, und schon gar a so a Dienst! Pfarrknecht wär' a 's letzte, an was i denket.

Annerl. Du machst ein'm aber a 's Herz recht schwer, Landsmann.

Sepp. Na, du brauchst auch grad nit verzagt z' sein. Bei euch Weibsleut' is a anders, ös seids ja allweil die Frummern und Vertraglichern – vielleicht g'fallt dir der Dienst noch recht gut und is's dir recht, geht's eigentlich kan andern was an.

Annerl. Na, konnt'st du nit leicht a frumm und vertraglich sein?

Sepp. I glaub' kaum, daß i's zuweg'n bringet.

Annerl. Bist 'leicht euern Pfarrer feind? Schau, da thätst nit recht!

Sepp *(aufstehend)*. Mein' liebe Dirn, man stift aften a nix Rechts, wann man ein'm z' *gut* is!

Wirt *(zieht Sepp beiseite)*. Wer is denn das Derndl?

Sepp. Zu unsern Pfarrer woll'ns dö lebfrische Dirn schicken. Grad als ob s' ihm's z' Fleiß thäten.

Wirt. Du hast 's gottloseste Maul von der ganzen Gmoan!

Annerl *(ist aufgestanden und hat das Bündel wieder genommen)*. Gehn wir 'leicht schon?

Sepp. Gleich, Derndl. *(Gibt dem Wirt Geld.)*

Wirt *(schiebt das Geld ein)*. Richtig! Aber nit richtig, was du dir Sündigs denkst, gleichwohl das Dirndl mordsauber is.

Sepp. Wirt, frag doch über fünf Wochen, ob die Kirchfelder ihr'n Pfarrer noch für ein' Heiligen halten?! *(Wendung zum Gehen.)*

(Vorhang fällt. Musik fällt mit einem kurzen Allegro ein.)

Verwandlung.

(Freundliches Gemach, einfach, aber nett möbliert, Mittel- und Seitenthüre links, ein Fenster ganz vorne rechts, vor diesem ein Sekretär. Mitte der Bühne ein kleines gedecktes Tischchen mit Morgenimbiß für zwei Personen, zwei Gedecke, eine Bouteille, kleine Gläser. Ein Fauteuil mit hoher Lehne, ein Rohrsessel, nächst dem Sekretär eine Etagere mit Rauchrequisiten.)

Sechste Szene.

Vetter (ein Greis mit kahlem Kopf und an den Schläfen herabfallenden langen weißen Haarflechten, Priestergehrock, Gewandung etwas abgetragen, sitzt behaglich in dem Fauteuil; er hat eine Serviette übergebunden, die er während der ganzen Szene nicht ablegt, er ist durchweg fein humoristisch aufzufassen). **Hell** (ein junger rüstiger Mann in der Soutane, sitzt ihm gegenüber auf dem Stuhl).

Hell *(gerade im Begriffe das Glas seines Gastes nachzufüllen).*

Vetter *(deckt die Hand über das Glas und wehrt mit der andern die Bouteille ab).* Nein, nein, ich danke, aber wahrhaftig, es wird sonst zu viel, ich bin es ja nicht gewöhnt.

Hell *(setzt die Flasche zurück).* Sie rauchen?

Vetter. Ja, das heißt – allerdings wohl –

Hell. Ich finde nichts Auffälliges daran, wenn Sie rauchen.

Vetter. Das ist sehr freundlich, manche wollten es mir übelnehmen.

Hell. Ich selbst rauche zwar nicht, aber wenn Sie erlauben – ich halte für meine Gäste ein gutes Kraut – so offeriere ich Ihnen ein Pfeifchen. *(erhebt sich.)*

Vetter *(erhebt sich gleichfalls).* Aber ich bitte, Sie bemühen sich zu viel um mich alten Mann, ich werde mich wohl selbst bedienen können.

Hell *(hat ihn auf den Sitz zurückgedrückt).* Aber bleiben Sie doch, Sie bringen sich ja aus Ihrer Behaglichkeit. *(Geht nach der Etagere und holt das Erforderliche.)*

Vetter *(faltet vor sich die Hände)*. Ach ja, es war mir wohl schon lange nicht so behaglich.

Hell *(stellt das Gebrachte auf den Tisch)*. Bedienen Sie sich.

Vetter *(unter folgendem richtet sich eine Pfeife und raucht)*. Wenn Sie es erlauben! Wie Sie es doch gut haben, Herr Amtsbruder! Hm, wie hier alles so freundlich und behaglich ist, so recht wohlgefällig und lebensfreudig, so – gottesfriedlich! Sie sitzen auf einer der einträglichsten Pfarren und sind noch so jung, haben noch so viel vor sich – Sie haben wohl auch Protektion gehabt.

Hell. Nun, das wohl, der Propst von Elfkirchen ist mein Gönner, er kam oft in unser Haus, ich verdanke ihm viel, aber – Gott ist mein Zeuge – ich habe seine Protektion nicht gesucht, ich habe nicht versucht, irgend wen von seinem Platze zu verdrängen, um mich besser zu situieren.

Vetter. Hm, das ist doch wohl keine Sünde, das geschieht ja täglich an allen Orten und ich mag es Ihnen wohl gönnen! Ich bin schon ein alter Mann und zu wenig mehr nütze, nun sitze ich da oben in Eis und Schnee, ich habe mir das freilich nie gedacht, daß es so kommen würde, nun ist es eben so geworden. *(Gesprächig.)* Ich bin der zweite Sohn armer Bauersleute und Sie wissen, man hat es gern, daß das kleine Erbe für den ältesten beisammen bleibe, da hat man mich denn zum Priester gemacht. Ich habe, als ich das Seminar verließ, viele hinter mir gelassen, die jetzt gar hohe Kirchenfürsten sind – freilich waren sie meist schon von Haus aus von hoher Familie und manch andere, die sich geschickt in weltliche Dinge zu mischen wußten, wenn es der Vorteil der Kirche wollte, haben auch ihren Weg gemacht; nun, ich taugte eben nicht zu derlei, so haben sie mich denn von Pfarre zu Pfarre geschoben und endlich kam ich da hinauf. Es ist wahr, ich brauche wenig, aber die Leute dort oben brauchten doch einen, der mehr ist als ich; mein Trost sind meine weißen Haare und jeder Tag, der vorübergeht, macht mich die wenigen noch übrigen geduldiger ertragen, aber damit tröstet man doch nicht diese armen Leute, die noch recht rührig sind und – oft wie gerne! – leben wollen!

Hell *(der in Nachdenken versunken)*. Wie heißt doch Ihre Pfarre?

Vetter. St. Jakob in der Einöd', Herr Amtsbruder. Ein Dorf, in welchem Sie nicht fünf Menschen finden werden, nicht fünfe, denen es so recht wohl und friedlich erginge. Alles herabgebracht vom Elend.

Hell. Das ist traurig, sehr traurig! Wie müssen Sie sich dabei befinden, das Elend sehen und nichts, gar nichts dawider thun können.

Vetter. Du lieber Himmel, das gewöhnt sich wohl, ich lebe ja wie sie, fast schlechter, einige, die es haben, leben jedenfalls besser als ich, ich neide es ihnen nicht – nur einem geht's gar elend, das ist der Schulmeister: winters über plagt er sich mit den Kindern, sommers laufen die ins Feld und er könnte sich wohl selbst zur Feldarbeit verdingen, wenn er es thun wollte, aber er will nicht. Ein eigener Mann, der Schulmeister, hat so überspannte Ansichten, will die Erde nicht recht als Prüfungsort gelten lassen und glaubt, die Menschen werden doch einmal ein Paradies daraus machen und der Herr seinen

Segen dazu geben! – Hehehe! – Aber sonst ein braver Mann, der Schulmeister; sitzt aber seit Jahren nun da oben, ist so alt und so hinfällig wie ich und hofft, hofft noch immer, ich weiß nicht auf was.

Hell *(ergriffen, faßt über den Tisch mit beiden Händen die Rechte Vetters)*. Liebster, Bester, und waren Sie denn immer so mutlos, so resigniert?

Vetter. Ach nein, ich war ja auch jung, aber wir werden doch alle so, der Esprit du corps, möcht' ich sagen, lehrt uns das Auffällige meiden und das Gute, das sich im bescheidenen Kreise thun läßt, drängt sich von selbst auf; da kommen die Ortsarmen, da kommen die Beichtkinder und zu den Sterbenden geht man hin, und im übrigen läuft die Welt so nebenher, ohne daß wir ihrer achten.

Hell *(fährt sich mit der flachen Hand über den Scheitel und sagt dann rasch, wie um auf ein anderes Thema zu kommen)*. Und wie kommen Sie nun mit Ihrer herabgekommenen Gemeinde zurecht?

Vetter. Nun, früher ist's wohl leidlich gegangen, da konnte ich sie zu manchem Guten anhalten; aber jetzt, letztere Zeit, kann ich nicht mehr so recht in die Kanzel hineinschlagen und schreien und ein ruhiges Zureden hilft ja nichts. Eines hat freilich bisher immer als letztes Mittel geholfen und würde es wohl noch; das war, daß ich sagte: ich würde nun mich ganz von der Seelsorge zurückziehen, gehen, und im Priesterhause meine Tage beschließen und sie könnten dann sehen, wie sie mit einem neuen Pfarrer auskämen, der wohl, wie alle jüngeren, auch in weltlichen Gemeindeanliegen wird mit raten und thaten wollen! Es ist wahr, ich hatte auch schon oft den Entschluß gefaßt, zu gehen, es wollte schon eine Zeit her nicht mehr recht fort mit mir, ich bin nicht wie der Schulmeister, der hofft *(näher rückend)* und, Herr Amtsbruder, nichts für ungut, unter uns, vielleicht auch hoffen kann und soll, wenn auch nicht für sich; er hat gar liebe Kinder und hat ein braves Weib, das hält ihn aufrecht – wir haben das aber nicht, dürfen das nicht haben – so steh' ich denn allein und wenn ich heut oder morgen zusammenbreche, so kann ich mich auf niemanden stützen, darum bin ich nun ernstlich entschlossen und lass' jetzt die – wie es die Politiker nennen – die Kabinettsfrage aus dem Spiel, denn ob die Gemeinde nachgeben würde oder nicht, ich würde ja doch gehen und ich will ihr auch nicht einen *frommen* Betrug spielen. Weil ich das nicht wollte, haben sie diesmal in einer Angelegenheit wenig nach mir gefragt und weil ich das Drohen sein ließ, muß ich mich jetzt aufs Bitten legen und das thue ich bei Ihnen, Herr Amtsbruder, wenn Sie mir eine Bitte freistellen wollen.

Hell. Sie machen mich neugierig, sprechen Sie ungescheut.

Vetter. Die Sache ist die. Es lebte da jahrelang eine arme Witwe in St. Jakob, die sich kümmerlich durchbrachte mit ihrer Hände Arbeit und dabei recht christlich ihr einzig Kind, ein Mädchen, erzog, das wuchs so heran, half bei der Arbeit, und so ging's denn Jahr für Jahr, ein mühselig, einförmiges Leben! Fiel dann einmal eine Krankheit die Alte oder das Mädel an, nun so mußte obendrein geborgt werden und so ward das wenige liegende Eigentum, die Hütte und ein paar

Joch Aecker richtig ganz verschuldet. Vorige Woche nun ist die Alte gestorben, da sind denn auch gleich die Gläubiger gekommen, nahmen, was vorhanden war, in Beschlag und jagten die Junge aus der Hütte ihrer Eltern; das arme Kind steht jetzt obdachlos, ganz einsam und verlassen auf der Welt. Wie ich bemerkte, ich konnte diesmal mich nicht so ins Mittel legen, daß es fruchten mochte, denn es ist viel, von diesen Leuten zu verlangen, daß sie entsagen, wo sie selbst kaum das Nötigste haben, das verhärtet das Herz; da hab' ich denn den Sarg der Alten aus Eigenem bezahlt und wegen der Jungen den Gang zu Ihnen gemacht. Ich weiß wohl, Sie haben die alte Brigitte, die haushält, aber die seufzt auch schon, wie ich höre, daß es ihr schwer ankomme, unserem Schulmeister hat sie ihre Not geklagt, er ist mit ihr verwandt; da dachte ich mir, ich wag' es, Sie zu bitten, daß Sie das Mädel ins Haus nehmen, da wäre sie wohl gut aufgehoben.

Hell. Auf Ihre Empfehlung hin bin ich gern bereit, das Kind aufzunehmen.

Vetter. Nun, das ist recht christlich. Es ist ein recht braves, gescheites, anstelliges Dirndl; ich habe sie hieherbestellt, daß Sie sie sehen können; gefällt sie Ihnen etwa nicht, nun dann kann ich sie ja wieder mit mir nach Einöd nehmen und sie dort bei irgend einem Bauer als Magd – freilich nicht so gut, als ich es mit ihr meine – unterbringen.

Hell. Ihre Empfehlung genügt. Die Sache ist abgemacht. *(Gibt ihm die Hand.)*

Vetter *(schüttelt ihm die Hand)*. Ich danke Ihnen recht sehr!

Siebte Szene.

Vorige. Brigitte *(durch die Mitte).*

Brigitte. Es ist ein Dirndl unt', das mit'n hochwürdigen Herrn aus Einöd reden möcht'.

Vetter. Das ist sie schon.

Hell. Führe sie nur herauf. – Das dürfte wohl deine Gehilfin werden, Brigitte!

Brigitte *(schon an der Thüre, wendet sich um)*. So? Na, das wär' mir schon recht. Das Dirndl ist recht nett und sauber und net a bissel aufdringlich. I hol's gleich! *(Ab.)*

Hell *(lächelnd zu Vetter)*. Ei, Ihr Schützling tritt unter günstigen Aspekten ins Haus. Sie müssen wissen, was das heißt, wenn die Brigitte das Lob eines jungen Mädchens singt, sonst weiß sie ihnen wenig Gutes nachzusagen und ist gegen alle, die sie nicht kennt, sehr mißtrauisch.

Achte Szene.

Vorige *(ohne Brigitte).* ***Annerl*** *(bleibt unter der Mittelthür mit stummem Knicks stehen).*

Vetter *(ihr entgegen, indem er sie bei der Hand nimmt und vorführt)*. Komm nur, ich habe schon für dich gesprochen.

Annerl *(hat ihm die Hand geküßt).*

Vetter. Und der hochwürdige Herr hat mir bereits die Hand darauf gegeben, daß er dich aufnehmen will.

Annerl. Vergelt's Gott! *(Küßt dem Hell die Hand.)*

Hell *(indem er ihr die Hand entzieht und ihr dieselbe auf den Scheitel legt)*. Wie heißt du, mein Kind?

Annerl. Anna Birkmeier.

Hell. Also . . . Anna, ich heiße dich in meinem Hause willkommen. Du weißt wohl selbst, daß Dienen kein leichtes Brot ist; indessen will ich dafür sorgen, daß dir von niemand dein Stand schwerer gemacht wird, als er es für dich ohnedies schon sein mag.

Annerl. Ich fürcht' mich nimmer vorm Dienst. Oben auf der Bergstraßen hab' ich ein' Kirchfelder getroffen, der g'sagt hat, daß er dein Feind is, hochwürdiger Herr, und der sich am Weg her alle Müh' geb'n hat, dir was Schlechtes nachz'reden und hat doch nix vorz'bringen gewußt. Da hab' ich mir denkt: was du für ein Herr sein mußt, wenn dir selbst die, die dir übel wollen, net zukönnen! Da bin ich um so couragierter auf'n Pfarrhof zugangen, jetzt hab' ich dich g'sehn und g'hört, wie gut und freundlich als d' bist, jetzt thät's mir fast weh, wann d' mir dir net dienen lassest!

Hell. Gewiß, du sollst bleiben!

Annerl. Es schreckt mich auch nit, daß d' für ein' geistlichen Herrn noch so viel jung bist.

Hell. Daß ich jung bin?

Annerl. Ich denk', besser kann a brave Dirn ninderscht aufg'hob'n sein, als bei dir.

Hell. Gewiß, Anna.

Vetter. Also, Herr Amtsbruder, lassen Sie sich das Kind recht empfohlen sein.

Hell *(zu Annerl)*. Du denkst brav.

Annerl. I weiß's nit, aber recht wird's wohl sein.

Vetter *(stärker)*. Herr Amtsbruder!

Hell. Recht und brav! *(drückt ihr die Hand und sie stehen schweigend in Gruppe.)*

Vetter. Herr Amtsbruder! *(Kleine Pause – ängstlich beiseite.)* O du lieber Gott, rechne mir's nicht an, wenn ich da etwa eine Dummheit gemacht haben sollte – du weißt es ja, ich habe es . . . nach bestem Wissen und Gewissen gethan!

(Gruppe steht.)

Zweiter Akt.

Dekoration: Der Garten des Pfarrhofes, den Hintergrund bildet das einstöckige Gebäude, an der Seite rechts läuft ein niederer Zaun hin, links vorne ist eine offene Laube mit Tisch und Stühlen.

Erste Szene.

An der rechten Seite des Tisches auf einem Stuhle, das Spinnrad vor sich, sitzt **Brigitte**, an der linken **Annerl**, vor sich auf dem Tische einen Sack mit Linsen, aus dem sie eine Handvoll nach der andern herausnimmt, klaubt und dann in ein sogenanntes „Schwingerl", das ihr zu Füßen steht, hinabstreift.

Annerl *(singt).*

Lied.

Zwei kirschrote Backerln,
Zwei Aeugerln wie d'Stern,
A Naserl, a Göscherl,
Das z'samm' macht a Dern!
Und kimmt zu dem allen
A Schnurrbart dazua,
Und ins Maul a Pfeifa,
So is's halt a Bua.
(Jodler.)

Brigitte. Schau, was du für Lied'ln kannst.

Annerl. Vom letzten Einöder Kirtag hab' ich mir's g'merkt. Ich kann noch a narrischers.

(Singt.)

Mein' Schatz muß i g'raten,
Dös macht mich verzagt,
Weil er brinnrote Hosen
Fürs Vaterland tragt;
Er kann mich jetzt nimmer
Hoamsuchen, o Gott,
Derglengt ihn der Jodel,
Er stößet mir'n tot!
(Jodler.)

Brigitte. Das sein schon rare Schelmliedeln. Weißt 'leicht noch eins?

Annerl. Ah, da schau, wer schimpft, der kauft!

(Singt.)

Von Oetting der Lehrer
Und mänicher Mann,
Schimpft jeder auf d'Welt
Was 'r fürbringen kann,
Da hat der Gott Vater
'en Teufel sich b'stellt:
„Geh, hol mir dö Lumpen,
Dö schimpfen mein' Welt!"
(Jodler.)

Brigitte. Dö müssen a bissel a übermütigs G'sindel sein, die Buben von Einöd.

Annerl. Na, das sein so Lied'ln, mit dö s' die Derndln und sich untereinand' und alle Welt aufziehn. Auf'n Kirtag sein s' immer so ausg'lassen, weil's 's ganze Jahr hart abegeht, sonst is schon ausz'kämma mit ihnen.

Brigitte. Na und dir fall'n 'leicht dö Schnaderhüpfeln a ein, weil dir's jetzt d' ganze Wochen so hart abegeht!

Annerl *(lacht)*. Ah na, mir fallen s' ein, weil i übermütig bin wie a verhätschelte Stadtmamsell. Die reichste Bäuerin im ganzen Land schind't sich im Vergleich zu mir und a Stadtfräul'n kann net schöner faulenz'n.

Brigitte. Na, ich werd' dir schon 'n Brotkorb höher hängen, wart nur, bis d' eing'schossen bist in d'Wirtschaft, dann werd' *ich* d'Stadtmamsell und d'reich Bäuerin spiel'n und du kannst dazuschau'n, wie d' alles in Ordnung haltst!

Annerl. Ich fürcht' mi net drauf! Kann's 'leicht eine schöner haben? Ich glaub', wenn ich 's ganze Land abg'loffen wär', so a

Platzl hätt' ich nindascht 'troffen. Du bist die gute Stund' selber.

Brigitte. Na, na, na, bau nur nit z' stark auf mein' Gutheit.

Annerl. Ich bleib' dabei, du bist die gute Stund', wie s' die Glocken vom Turm gibt; wenn du ausbrummt hast, is auf a sechzig Minuten wieder a Fried'. Und dann der hochwürdige Herr, das is a Mann, um den z' sein is a wahre Freud'; ich glaub', bei dem müßt' der ärgste Sünder wieder a rechter Mensch werd'n!

Brigitte. Na, du machst dir's aber a z' nutz.

Annerl *(stolz)*. Das will ich meinen.

Brigitte. Aber von weiten!

Annerl. Geh, du frotzelst mich.

Brigitte. Laufst etwa nit von wo d' stehst und hebst dich net vom Sitz, wenn d' sein' Stimm' oder nur sein' Tritt in der Näh' hörst?

Annerl *(verlegen)*. Das is doch g'wiß net so, das hat dir auch nur g'träumt!

Hell *(hinter der Szene von links)*. Brigitte!

Annerl *(faßt hastig den Sack, rafft das „Schwingerl" vom Boden)*. Es weht schon die Abendluft, ich werd' unser Sach hineintrag'n. *(Will gehen.)*

Brigitte. Möchtst nit bleib'n!

Annerl *(wendet sich)*. Was thun?

Brigitte. Mir aus'm Traum helfen, Annerl.

Zweite Szene.

***Vorige. Hell** (von links aus dem Garten, ein Buch unter dem Arme).*

Hell. Ah, da seid ihr ja beide. Brigitte, da, trage das Buch auf mein Zimmer. *(Gibt ihr dasselbe.)*

Brigitte *(nimmt das Buch und das Spinnrad auf und geht in das Haus ab).*

Annerl *(steht an dem Stuhle, den Brigitte verlassen hat, und blickt in die Szene links).*

Hell. Nach was blickst du denn aus, Anne?

Annerl. Ich schau', wie die Sonn' untergeht.

Hell *(tritt hinzu)*. Wir sehen das Tag für Tag und es bleibt doch schön.

Annerl. Recht schön!

Hell. An was denkst du? Du hast feuchte Augen.

Annerl. Ich weiß nit, ich war erst recht lustig – aber wie ich da so schau', fall'n mir auf einmal alle ein, die mir recht nah' gangen sein und jetzt die Sonn' nimmer untergehn sehn.

Hell. Unsere Heimgegangenen! Der Herr lasse sie ruhen in Frieden!

Annerl. Amen.

Hell. Die letzte meiner Familie, die ich zu beweinen hatte, war meine Schwester.

Annerl *(sich zu ihm wendend)*. Die war g'wiß kreuzbrav!

Hell. Brav, klug und schön! Sie und die Mutter, beide lebten, als ich noch Student war, und das spornte nicht wenig meinen Fleiß; ich wollte ihnen alle Freude machen und ich dachte mir das so recht hübsch, wenn ich eine Pfarre bekäme, wie wir da immer beisammen leben und bleiben wollten. Eine Familie haben, ja nur ihr angehören, ist doch etwas Schönes.

Annerl. Nicht wahr? Oft hab' ich mir's schon gedacht, selbst im Himmel kommt erst die heilige Familie und dann die einschichtigen heiligen Männer und Jungfrau'n.

Hell *(lächelnd)*. Meinst du?

Annerl *(kleinlaut)*. Bin ich 'leicht fürwitzig?

Hell. Nein, Anne.

Annerl. Aber ich bin so viel an meiner Mutter g'hängt und mit ihr hab' ich auch mein' Vater selig in Erinnerung g'habt und so bin ich – wenn ich heut a rechtschaffnes Dirndl heiß – es niemanden schuldig als ihnen! Kinder, dö so zur Welt kommen, ohne daß's oft Vater und Mutter wissen, sein doch recht traurig dran; sie machen niemand so a herzliche Freud', wenn s' brav sein, und kein Herzleid, das s' ihnern Liebsten anthun könnten, bringt s' vom Bösen ab – und nachher wundert sich d'Welt, wenn s' keine rechten Leut' werd'n!

Hell. Das denkst du fromm und klug.

Annerl *(sieht zu Boden)*. Wie d' mich aufg'nommen hast, hochwürdiger Herr, hast mich brav g'heißen, jetzt nennst mich klug – wann d' mir noch eins sagst, so hast mir alle guten Wort' geb'n, wie deiner Schwester selig.

Hell *(faßt ihre Hand)*. Wie meiner Schwester? Ja, ganz recht, brav, klug und – schön. Regt sich doch die Eitelkeit ein wenig bei dir?

Annerl *(hebt den Kopf)*. Na, ich bin g'wiß net eitel.

Hell. Ich habe doch eine kleine Eitelkeit an dir bemerkt.

Annerl. O mein Gott! Sag's, hochwürdiger Herr, ich werd's g'wiß nimmer blicken lassen.

Hell. Neulich, als du mein Zimmer in Ordnung brachtest, lag auf meinem Sekretär ein Kreuzchen mit einer Kette; du hattest es in die Hand genommen – ich habe deine Gedanken wohl erraten, wenn ich meine, daß du es für dein Leben gern gehabt hättest.

Annerl *(leise)*. Ja, hochwürdiger Herr, weil – weil alle Dirndln da um Kirchfeld solchene Kreuzeln trag'n.

Hell. Ich wollte dir eine Freude machen, ich habe das Kreuzchen zu mir gesteckt *(zieht es aus der Tasche)*, ich will es dir schenken.

Annerl. Mir? Was du gut bist – aber das Kreuzel is ja schwer Gold.

Hell. Du sollst eben nicht denken, daß es von Gold, als vielmehr, daß es ein *Kreuz* ist.

Annerl. Ich denk' auch nur dran deswegen, weil du mir's schenken willst.

Hell. Nimm nur! *(gibt es ihr.)* Es ist ein Geschmeide meiner verstorbenen Mutter.

Annerl *(erschreckt)*. Von deiner Mutter selig? Na, da behalt's nur, das bin ich nit wert.

Hell. Ich wüßte niemanden, in dessen Händen ich es lieber sehen würde, als in den deinen.

Annerl *(verwirrt und erratend)*. Du mußt mir aber doch recht gut sein, weil d' mir das Kreuzel gönnst?

Hell. Das kannst du noch fragen, Anne?

Annerl *(sinkt mit ihrem Gesichte auf seine Hände, schluchzend)*. O du mein Gott und Herr!

Hell. Was ist dir, Anne?

Annerl *(erhebt sich)*. Nichts, gar nichts!

Hell. Ich habe es dieser Tage gedacht: wenn mir nun meine Schwester am Leben geblieben wäre, wer weiß, wäre sie noch bei mir? Ein braver Mann hätte sie vielleicht von mir weg in sein Haus geführt – und da dachte ich denn auch an dich, ich dachte mir, da du dich einmal zu dienen entschlossen hast, da dir hier nichts abgehen wird, daß du bei mir bleiben wirst, daß du mich nicht verlassen wirst!

Annerl *(gibt ihm die Hand)*. Mein Lebtag net! *(Kleine Pause, sie zieht ihre Hand aus der seinen.)* Gute Nacht, Hochwürden!

Hell. Gute Nacht!

Annerl *(zurückkehrend)*. Und darf ich das Kreuzel offen tragen vor ganz Kirchfeld?

Hell. Gewiß! Warum fragst du?

Annerl. Ich hab' nur g'fragt, daß ich weiß, was dir recht ist! Nach allem andern frag' ich nimmer! Recht, recht gute Nacht! *(Ab.)*

Hell. Gute Nacht, Annerl

Dritte Szene.

Hell *(allein).*

Sei mir gegrüßt, du heiliger Hauch des lange verlorenen Familienlebens, das wieder mit diesem Kinde in mein Haus gezogen ist! Wieder, wie einst in den Tagen, wo ich eifrig über meinen Studien saß, wird eine helle freundliche Stimme an mein Ohr schlagen, wieder, wenn ich das Auge von meinen Büchern hebe, werde ich in ein frisches, heiteres Antlitz blicken – und wieder werde ich wissen: ich bin nicht allein, ich muß auf der Hut sein vor mir selbst, muß jedes Fleckchen, das vielleicht dem Entfernteren unbemerkbar ist, aber in der Nähe doch übel auffällt, sorgfältig in all meinem Denken und Handeln löschen – und jenes Leben, das immer auf andere vorab Rücksicht nimmt, muß mir wieder zur zweiten Natur werden und nur wer so lebt, versteht dich, du Gott der Liebe! Und nur der, der *ein* Herz in den engen Grenzen seines Hauses recht erfaßt und verstehen lernt, der weiß sie *alle* zu fassen, *alle* zu verstehen, die Herzen, die in der weiten Welt pochen und hämmern, denn was auch die Welt an ihnen gesündigt, aus der Hand des Schöpfers sind sie doch gleichgeartet hervorgegangen – eine schwache zitternde Magnetnadel, über die die Ströme des Lebens hinziehen und sie vielfach ablenken, die sich aber doch nicht irre machen läßt und ihren Norden sucht . . . die ewige Liebe!

Vierte Szene.

Hell. Wurzlsepp *(schwingt sich über den Zaun).*

Hell *(durch das Geräusch aufmerksam gemacht, wendet sich)*. Wer ist da?

Sepp *(eine kurze Pfeife schmauchend, kommt vor)*. Guten Abend!

Hell. Du, Sepp!!!

Sepp *(immer demütig, bis die ändernde Anmerkung kommt)*. Ich hab's ja g'wußt, daß d' mich doch kennst, wenn ich auch in kein' Kirchen komm!

Hell. Was führt dich noch so spät hierher?

Sepp. Ich bin eigentlich schon lang da – seit nachmittag schleich' ich da um'n Pfarrhof und seit einer Viertelstund' lieg' ich da hinterm Zaun.

Hell. Du horchtest, spioniertest? Pfui!

Sepp. Aus Zeitlang!

Hell *(gelassen)*. Wenn ich das gelten lasse, was weiter führt dich dann zu mir?

Sepp. Nichts – nichts – nur bedanken will ich mich, weil ich mich da hinterm Zaun so gut unterhalten hab'!

Hell. Du hast dich auf krummen Wegen, mit hinterlistigen Worten an mich herangeschlichen . . . Sepp, du hast nichts Gutes im Sinn.

Sepp *(auflachend)*. Haha! Du bist schlau!

Hell. Als Freund der offenen That und der offenen Rede fasse ich dich denn gerade an, wo ich dich treffe und frage dich: Warum beobachtest du mein Thun und Lassen heimlich und versteckt? Was kommst du wie ein Dieb in der Nacht in mein Haus?

Sepp *(gehässig)*. Weil ich dein Feind bin!

Hell. *Mein* Feind? Du irrst!

Sepp. Ich weiß recht gut, wen ich mein' – und ich sag' dir's ja, daß ich dich mein'!

Hell. Mein Feind! So habe ich denn einen Feind? Ich hätte das nicht gedacht! Was für Ursache habe ich dir je gegeben, mein Feind zu sein? – Sepp, du thust unrecht, auch dann unrecht, wenn du – wie ich fürchte – nur der Feind des Kleides bist, das ich trage.

Sepp. Drüber woll'n wir nit streiten, du tragst es ja einmal doch das G'wand.

Hell. Das Kleid macht nicht den Mann – und nicht darauf kommt es an im Leben, *was* wir sind, sondern *wie* wir es sind.

Sepp. Das glaub' ich selber! Mit *dem* G'wand aber *mußt* du das sein, was ich mein' und so bin ich schon recht! *(Mit Schadenfreude.)* Ja, Pfarrer, du mußt's sein – mußt, wenn d' gleich nit wolltest – mußt, ob dir's jetzt 's Herz abdrucken will, oder ob du in Boden 'neinstampfst . . . du mußt!

Hell. Mensch, was liegt auf dem Grunde deiner Seele? Woher dieser gehässige, feindselige Jubel?

Sepp. Weil mich's freut. Ein' von euch da zu sehn, wo ich vor zwanzig Jahren mich g'wunden hab' wie ein Wurm. Damals bin ich auf die Knie g'leg'n vorm Pfarrer und hab' gesagt: Herr! Das Derndl is mir in d'Seel' g'wachsen, wann's a a Lutherische is; unser Herrgott, der mir 's Herz in d'Brust geb'n hat, wird wissen, wie das hat g'schehn können. Gebts mich z'samm' mit ihr! Die Höll' hat er ledig auf mich loslassen – 's ganze Dorf aufg'hetzt wider mich – und mein' eigene Mutter von mir abg'red't – na, und wie die kommen is und g 'sagt hat: „Sepp, thu's um mein' *Seel'nruh* net!“ da hab' ich's sein lassen. Freilich hat 's Herz in mir aufg'schrien: „So is's Gotts Will net, daß der Mensch elend sein soll!“ – aber ich hab' ihm g'sagt, es soll still sein, und seit der Zeit hat's nindascht mehr dreing'red't. Recht stad is's in mir word'n, ich hab' mein G'werk auf'n Nagel g'hängt, bin da 'nauskraxelt auf die Berg', recht hoch, wo's a so still und kalt is und bloß, daß ich mein' Gedanken auskomm', hab' i mir a Arbeit g'macht und Wurzel und Kräuter g'sammelt und so is aus'm Gerber der Wurzelsepp word'n; – mein' Mutter hat den Jammer mit ang'schaut, helfen hat s' net könna, das hat s' g'wußt; sie hat g'wart' und g'wart', ob ich nit amol doch mit ein' freundlichen G'sicht hoamkomm' vom Gebirg. „Lachst denn gar nimmer, Sepp?“ so hat s' g'fragt in die erst' Wochen a paarmal, dann mit der Zeit all' Tag und so fragt s' noch heut – nach zwanzig Jahr'n – sie hat sich hintersinnt. *(Fährt sich mit dem Aermel über die Augen, dann heftig.)* Weg'n mir 'leicht? Ich denk', das alles g'hört auf ein' andern sein Konto! Seit damals bin ich in keiner Kirch'n mehr g'wes'n und mein' Mutter – die erst aus Angst um mich und dann von selb'n z' Haus blieb'n is – geht a in keine und so sein wir a recht ordentliche Familie word'n! Freilich, a Müh' kost's schon, bis's einer so weit bringt, aber ich hab's so weit 'bracht, und jetzt, jetzt probier's du auch, Pfarrer!

Hell *(ergriffen)*. Du bist unglücklich! Sepp, du magst in der Absicht gekommen sein, mich zu beleidigen; ich weiß von diesem Augenblicke an von nichts, als daß du unglücklich bist.

Sepp *(heftig)*. Ich brauch' dein Mitleid net!

Hell. Biete ich dir denn Mitleid allein? Sollte dir, dir allein unter Tausenden, der Trost so ganz ferne liegen, den ich dir bieten kann? O, wecke in dir nur ein Fünkchen Vertrauen! Glaube nur das, daß ich auch jenen gerne dienen will, die sich meine Feinde nennen!

Sepp. Haha, was ziehst denn so sanfte Saiten auf? – Gott bewahr' mich, daß ich je ein' Dienst von dir erbetteln müßt'! So weich du jetzt auch thust, wo du mich fangen willst – du würdest mir's doch einträнken, du würdest mir's doch nit vergessen, wo ich dich heut nacht g'habt hab'!

Hell. Rede offen, deute nicht immer an! Wo hast du mich denn heute, wo ich nicht schon gestern zu haben war? Um was bin ich über Nacht schlechter geworden in deinen Augen? Ich verstehe dich nicht.

Sepp *(wild)*. Laugn'st vielleicht, daß du der Dirn – der Ann' gut bist!

Hell *(sieht erschreckt auf Sepp)*.

Sepp *(kleine Pause)*. Du kannst's laugnen; aber du wirst's schon g'spür'n!

Hell *(erregt)*. Ich stehe deiner Verunglimpfung, solange sie mich – mich allein – betrifft, aber dies ehrliche Mädchen laß aus dem Spiel, es erfaßt mich ein heiliger Zorn –

Sepp *(einfallend)*. Is mir auch lieber, wenn d' herumschreist, dein sanfter Diskurs taugt mir schon lang nit – nur weck d'Nachbarsleut' nit, 's Dorf wird's noch zeitlich g'nug erfahr'n!

Hell. Keiner denkt im Dorfe wie du!

Sepp. Das mag sein, aber sie *werd'n* bald alle denken wie ich; ich fürcht' mich nit drauf, ich darf nur sagen, daß du der Ann' gut bist und sie glauben's, ohne daß s' weiter fragen, 's sein ja lauter gute Christen, *ihr habt s' ja mehr 'n Satan, als unsern Herrgott fürchten g'lernt* und so glaub'n s' auch eher 's Böse als 's Gute von ihr'n Nebenmenschen! Und wird mich 'leicht eins von euch Lug'n strafen? Die Anne, die mit ihr'n goldigen Kreuzel durchs Dorf statzt, g'wiß net und du, kannst du's? Dir klingt die Stimm' von dem Dirndl im Ohr wie der helle G'sang von an Waldvögerl, du schaust von deine Bücher auf nach ihrem frischen G'sichterl, du schenkst ihr das Kreuzl von deiner Mutter selig und gleichwohl du's nit haben kannst, das Dirndl, gönnst du's doch kein' andern! Du willst's halten und nit fassen für dein Lebtag! Und dö Dirn soll dir gleichgültig sein?

Hell *(gepreßt)*. Ich habe nichts mehr zu sagen – bist du zu Ende?

Sepp. Nein, mir hat's noch nit die Red' verschlag'n! – Weißt, ganz gleich hätt's ma sein können, ob du die Dirn gern oder ungern siehst, aber du warst ja im Land als ein Ausbund von Frummheit verschrieen – ich hab' an dich so wenig 'glaubt, wie an ein andern, und die Kirchfelder hab'n mir's übel genommen. Wahr is's, du bist der Best' g'wes'n, den s' noch in Kirchfeld g'sehn hab'n, vielleicht im ganzen Land! Du hast a wahr's Christentum in d'Gmeind' bracht, du hast ohne Schlüssel die Dorfschenk unter Tag g'sperrt, du hast den Raufteufeln auf die Tanzböd'n die Arm 'bunden, die ärgsten Lumpen haben sich g'schämt, dir und der G'meind' a Schand' z' machen und haben a öften vorm Lockteufel „kehrt euch" g'macht, du hast die Schul' brav g'halten, ja du hast die Kirchfelder dahin 'bracht durch dein Wort und durch dein' Red', daß selb'n drüber zu denken und reden ang'fangt hab'n, ich red' nix von dein' Beispiel, ich red' nix von deine Wohlthaten für die arm' Leut', ich red' nix, wie du manchem Bauer an d'Hand 'gangen, daß er mit seiner Wirtschaft vom Fleck kämma is, und keins hat g'wußt, woher d' nimmst! Soweit warst du der Erst' und der Letzt'! Aber glaubst, deswegen haben die Kirchfelder aufg'hört, die frühern zu sein? Die Lumpen sein dir aufsässig und passen dir schon lang, ob s' dir nix abg'winnen können; die dir Dank schuldig sein, die schamen sich, daß s' dich braucht hab'n und machten's gern wett, und den Frummsten bist du 'leicht noch z' streng! Kenn du die Bagasch, wie ich sie kenn'! Jetzt aber bist du da, wo ich's den Kirchfeldern unter die Nasen reiben kann, daß du nit besser bist als ein anderer, und jetzt derleb ich's, daß all das, was d' so mühselig aufbaut hast, dir über'n Kopf z'samm'purzelt, wie a Kartenhaus!

Hell. Nein, nein, nein!

Sepp. Ich bin nit so dumm, wie ich ausschau'! Und ich kenn' mich aus! Hilft dir alles nix, die Dirn is dein Unglück! Ich weiß, du planst dir jetzt tausend Ausweg, wie d' sie bei dir halten könntest – aber du hast nur *zwei* Weg' und die führ'n dich dorthin, wohin ich dir g'sagt hab', und die kann ich dir nennen! Du kannst die Dirn entweder in Unehr'n halten, dann bist du den Kirchfeldern ihr Mann nimmer, oder du kannst s' mit Herzleid fortziehn lassen, dann is dir Kirchfeld und die ganze Welt nix mehr! Du hast dein ganzes G'werk alleinig aufrecht g'halten und ob dir jetzt die andern 's G'mäuer auseinand 'werfen, ob du selber die Hand' z'ruckziehst – es fallt z'samm'! Und es fallt z'samm', sag' ich dir!! Entweder in Unehr'n halten, oder mit Herzleid fahr'n lassen,
kein' *dritten* Weg hast net! Siehst, Pfarrer, da hab' ich dich und hab' dich so sicher, daß ich dich nit einmal z' halten brauch'. Und jetzt – b'hüt dich Gott! *(Schwingt sich über den Zaun.)*

Hell *(ist auf einen Stuhl gesunken und hat den Kopf auf die Tischplatte gesenkt – kleine Pause – dann sich ermannend, steht er langsam auf)*. Und keinen dritten Weg, keinen dritten?! *(Geht gegen das Haus.)* O, diese Nacht wird kein Ende nehmen! *(Plötzlich innehaltend.)* Wie alles in mir tobt und wallt, wie mir das Blut gegen Herz und Hirn strömt! Nein! *(Stürzt zu einem Fenster und pocht.)* Brigitte, Brigitte!

Brigitte *(erscheint am Fenster)*. Hochwürden!

Hell. Schnell meinen Rock, meinen Hut! Dann kannst du das Thor schließen, ich komme erst mit Morgen wieder!

Brigitte. Um Gottes will'n, is 'leicht eins im Sterben?

Hell *(mit abwehrender Bewegung)*. Nein!

Brigitte. Aber, hochwürdiger Herr, du wirst doch nit jetzt in der Nacht spazier'n gehn? Denk das G'red' im Dorf, wenn dich 'leicht doch wer sieht!

Hell *(mit wiedergewonnener Ruhe)*. Nun, Alte, dann hat er einen schwachen, aber ehrlichen Mann gesehen, der sich selbst aus dem Wege geht!

Dritter Akt.

Zimmer wie im ersten Akt (Verwandlung), nur Tisch und Stühle in der Mitte wegzulassen.

Erste Szene.

***Annerl**, nach dem Lied **Brigitte**.*

Annerl *(singt)*.

Lied.

A Derndl is verwichen
Hin zum Pfarrer g'schlichen:
Därf ich 's Büaberl lieb 'n?
Untersteh di net, bei meiner Seel',
Wie du 's Büaberl liebst, so kommst in d'Höll'.

Is drauf voll Verlanga
Zu der Muada ganga:

Därf ich 's Büaberl lieb'n?
O, mein lieber Schatz, es is no z' fruah,
Nach zehn Jahrl'n war's a Zeit no gnua.

War in großen Nöten,
Hat 'en Vatern beten:
Därf ich 's Büaberl lieb'n?
Nit dran denken, sagt er, bitt' mir's aus,
Jag' dich auf der Stell' in d'Welt hinaus.

Wußt' nix anzufangen,
Bin zum Herrgott 'gangen:
Därf ich 's Büaberl lieb'n?
Ei ja freili, sagt er, und hat g'lacht,
Weg'n 'en Büaberl hon ich 's Derndl g'macht!

Brigitte *(scheltend)*. Mach fort, ich hab' noch anders für dich z' schaffen – Schand g'nug, daß man dich zu allem extra einspannen muß!

Annerl. Ich weiß mich nicht aus mit dir, Brigitt' – sonst warst allweil freundlich und seit heut fruh bist so z 'wider!

Brigitte. Ah, hat dir das 'leicht wer g'sagt oder merkst's von selber?

Annerl. Du weißt nit, wie weh du mir mit solchene Reden thust. Wärst allweil so grantig g'wes'n, so hätt' ich mir denkt, du bist wie andre alte Weibsleut oft tramhappert und weißt selb'n nit warum; aber so schmerzt mich's doppelt, weil ich seh', 's ist dein Will', daß d' mi kränkst.

Brigitte. Mach fort, sag' ich! *(Losplatzend.)* Dich hat a der leidige Teixel ins Haus g'führt!

Annerl. Wann d' deutsch mit mir redest, gäb' ich dir Red' und Antwort, aber spanisch versteh' ich net.

Brigitte. Na, ganz deutsch, mußt 's Kreuzel, das dir der hochwürdige Herr zug'steckt hat, gleich vor aller Welt trag'n? Kannst nit g'scheiter sein?

Annerl *(stolz)*. Er hat mir's net zug'steckt, er hat mir's offen g'schenkt und hat mir's derlaubt, daß ich's vor ganz Kirchfeld trag'.

Brigitte. Dös hätt' er verlaubt?! *(schlägt die Hände zusammen.)* Annerl, Annerl, ich frag' dich, wohin sollt' das führen?

Annerl *(aufrichtig)*. Ich weiß dir keine Antwort, Brigitt', *ich hab'* nit danach g'fragt!

Brigitte. Du bist 'n hochwürdigen Herrn sein Unglück! Laß mich ausreden! Allzwei seids schon in der Leut' Mäuler! Schon gestern abend muß a Tratschbruder a Brandl g'schürt hab'n, denn 'n Respekt hab'n s' auf einmal auf'n Nagel g'hängt – und g'rauft is worden im Wirtshaus, was nit g'wesen is, seit der hochwürdige Herr auf der Pfarr' is, und heut in der Predigt wirst selb'r g'merkt hab'n, wie alle auf dich g'schaut, sich zublinzelt und wie s' untereinand' plaudert hab'n, während's sonst, wenn der Pfarrer red't, in der Kirch' still war, daß man hätt' können a Mäuserl schliefen hör'n. Jetzt is 's G'red' fertig – der Respekt is fort und ohne den richt' der arme Herr nix – und von heut ab is's, als wär' er verstorb'n und es sitzet a neucher im Pfarrhaus, den die Bauern geg'n 'n vorigen über d'Achsel anschau'n. Und was is an all dem d'Schuld? – Das verflixte Kreuzel! *(Erschreckt.)* Gott verzeih' mir d'Sünd'!

Annerl *(birgt, heftig schluchzend, den Kopf in der Schürze; hervorstoßend).* Brigitt', ich bitt' dich um Gott's will'n, denk nix Ungleichs von mir! Ich kann nix dafür, Brigitt'! *(Fällt ihr schluchzend an den Hals.)* Ich weiß's nit, wie's so kämma is.

Brigitte *(weint mit).* O du mein Gott! O du mein Gott! *(Macht sich von Anna los.)* Is das a Jammer! *(Im Abgehen.)* Da hat doch der Teixel sein G'spiel! Es sollt' doch wirklich auf der Welt nur Männer oder nur Weiber geb'n, allzwei z'samm' thun nie a Gut! *(Ab.)*

Zweite Szene.

Annerl *(allein, trocknet sich die Thräne, stampft dann mit dem Fuße trotzig).* Grausliche Lug'nschippeln sein s' doch alle, die mir die üble Nachred' halten, kerzengrad, ohne z' blinzeln, trau' ich mich jed'n von ihner in d'Aug'n z' schau'n! – Der liebe Gott – zu dem keine Lug' reicht – weiß doch, daß sich keins versündigt hat, daß ich ausg'wichen bin, wo ich können hab', und daß ich ihm ihn net hab' abwendig machen woll'n. *(Nachdenklich.)* War's 'leicht doch g'fehlt, daß ich an seiner Gutheit und an dem Kreuzel ein Wohlg'fallen g'funden hab'? G'wiß is, ich hab' ihm nix Gut's g'stift, daß ich als eitle Gredl das Kreuzel zur Parad' mit in d'Kirch' g'nommen hab' – und an mir wär's jetzt, alles wieder gut z' machen, daß ihn kein unb'schaffener Verdacht treffen kann – – aber dazu bin ich mir net g'scheit g'nug; wenn ich gleich rennet, so weit der Himmel blau is, das G'red' bleibet doch in Kirchfeld – geh' ich, wurd's nit besser und bleib' ich, nur schlechter!! Und doch bin ich nit schuldiger, als wie damal'n, wo ich als klein's Madl mit'n Nachbarskind mich in' Wald verirrt hab' – anfangs hab'n wir kein' Arg' g'habt, die Bäum' war'n so stämmig und stolz und von alle Zweig' hat's g'sungen und pfiffen – 's Gras war so frisch und grün und die Bleameln drin so wunderliab – so sein wir weiter und weiter, bis wir auf einmal g'merkt hab'n, daß wir weit abseits vom g'wohnten Weg kämma sein, da war's freilich gleich aus mit aller Herrlichkeit und wir hab'n allzwei zum Flennen ang'fangt, wir hab'n furchtsam um uns g'schaut und die Bäum' sein völlig vor unsere Aug'n in d'Höh' g'schossen und aneinanderg'ruckt, als wollten s' den Himmel verdecken und uns nit durchlassen, und 's Gras is so an uns 'naufgestrichen, als wachset's uns im Handumkehr über'n Kopf – aber ich bin z'erst g'faßt g'wes'n, bin kuraschiert vorgegangen, und hab' richtig heim'troffen! Kein Mensch hat mir damals 'n g'weisten Weg zeigt, kein Mensch zeigt mir'n leicht heut, aber mit der Hilf' Gottes hab' ich mich damal'n z'rechtg'funden, mit der Hilf' Gottes – der nit woll'n kann, daß der rechtschaffene, brave Mann weg'n mir dummen Derndl leiden soll – werd' ich mich auch diesmal z'rechtfinden, und drum will ich kuraschiert vorangehn!

(Klopfen.)

Dritte Szene.

Vorige. Michel.

Michel *(tritt ein)*. Guten Tag.

Annerl *(erstaunt)*. Bist du's, Michel?

Michel *(verlegen)*. Freilich, Freilich!

Annerl. Willst mit'n hochwürdigen Herrn reden? Er is noch nit z' Haus kämma.

Michel. Na, mit dir!

Annerl. So red!

Michel. Gleich – bis mir a gescheiter Anfang einfallt.

Annerl. Schau, das geschieht dir recht, daß d' nix vorbringen kannst, denn du bist a falscher Bua. Allzwei sein wir aus St. Jakob und dort hast mir 's ganze Jahr 's narrisch'ste Zeug vorplaudert, auf einmal bist weg, bist her nach Kirchfeld; wie aber ich nachher daher auf'n Pfarrhof kämma bin, da hast dich net blicken lassen und selb'r in der Kirchen hast mich nit ang'schaut.

Michel. Dös kommt – weißt, das is daher kämma, weil ich dich eh' kennt hab'!

Annerl. Na hörst, du red'st aber jetzt so viel g'scheit, bist 'leicht in Kirchfeld dalkert word'n?

Michel. Dös just net, aber a nit g'scheiter.

Annerl. Du warst doch damal der Pfiffigste; wann d' weißt, daß dir d'Kirchfelder Luft so schad't, was bist nachher hergangen?

Michel. Weg'n ein' Dirndl bin ich weg!

Annerl. Was d' sagst! Das hab' i nit gemerkt.

Michel. Eben drum.

Annerl. Und hast nix g'red't mit ihr?

Michel. Freilich, 's narrisch'ste Zeug hab' ich ihr vorplaudert

Annerl. Und sie hat dir nix ankennt?

Michel. Ka Spur!

Annerl. Dö muß doch a bissel vernagelt g'wesen sein.

Michel. Na, 'leicht war's doch nit um a Tipferl g'scheiter wie du!

Annerl. Du bist a grober Ding! Bist 'leicht deswegen kommen, um mir Grobheiten z' sagen? Da hätt'st a wegbleiben konna. Weißt sonst nix?

Michel. Ah ja, plauder nur fort, es wird schon kämma.

Annerl. Ich hab' kein' Zeit, lang drauf z' warten, gleichwohl ich wissen möcht', was dich auf einmal für a Wind herweht.

Michel. Gestern hab'n s' mich auf dich aufmerksam gemacht und drum bin ich heut da!

Annerl. So, erst aufmerksam hab'n s' dich machen müssen?

Michel. Na ja – weißt, ich – ich hab' dir seither, als ich mit der ein' von St. Jakob 's Malör g'habt hab', alle Dirndeln verschwor'n und bin ihnen aus'n Weg gangen, also dir natürlich vor all'n andern, dös heißt halt mit de andern.

Annerl. So, und wer hat dich nachher aufmerksam g'macht?

Michel. A ganze Menge.

Annerl. Auf einmal?

Michel. Ja und ordentlich!

Annerl. Ja – wie denn?

Michel. Na, g'haut hab'n s' mich.

Annerl. Warum?

Michel. Weil ihrer mehr war'n.

Annerl. Dös is doch kein Grund?

Michel. Dös is der ausgiebigste!

Annerl. So? Dann bist du also einer von denen, die gestern nacht g'rauft hab'n? Dös is schön! So lang habt's Ruh' g'halten und gestern hat's doch wieder sein müssen? Ihr macht's dem hochwürdigen Herrn a rechte Freud'!

Michel. Ah, der hätt' selb'r dreing'haut, wenn er dabei gewesen wär'!

Annerl. Freilich, der mengt sich in eure dummen Anhahnlereien!

Michel. Na, dösmal is's um was Ordentlichs hergangen!

Annerl. Das kann ich mir denken!

Michel. Na, dös kannst du dir nit denken, sonst wärst nit die, die d' bist, dann müßt' wirklich a anderschte word'n sein, und dann thäten mir d'Schläg' leid, die ich für dich eing'steckt hab'!

Annerl *(erschreckt)*. Weg'n mir werdt's doch nit g'rauft hab'n?

Michel. Sixt, daß d' noch d'Alte bist und daß mich d'Schläg nit z' reuen brauchen!

Annerl. Ich bitt' dich um Gott's will'n, ös werdt's doch nit g'rauft hab'n weg'n dem schlechten G'red', was s' auf einmal über mich hab'n? Michel, 's ist kein wahr's Wörtel dran, das kannst mir glaub'n!

Michel. Dös hab' ich auch 'glaubt – das hab' ich auch g'sagt, aber dö Letfeigen hab'n ja nit auf mich g'hört – und da hab' ich in sie 'neing'schrien – da sein dö grob word'n – ich net höflich – dö hau'n her – ich hau' z'ruck – und so hab' ich mein Teil kriegt.

Annerl *(kleinlaut)*. Und du – du warst der einzige, der dem G'red' nit glaubt hat?

Michel. Die andern hab'n dich ja doch nicht kennt, wie ich dich kenn'! Ich kenn' dich von klein auf und ich glaub' von dir nichts Schlecht's!

Annerl. Michel.

Michel. U mein.

Annerl. Du seufz'st? Was hast denn?

Michel. Ja weißt, das thu' ich so zu meiner Pläsur – ich pfnaus' mich schön stad aus dabei, b'sonders wann ich ein' weiten Weg 'gangen bin.

Annerl. Du wirst aber a weit umgangen sein, bis d' in Kirchfeld zum Pfarrhof 'troffen hast.

Michel. Ah beileib, ich war heut schon weit von Kirchfeld.

Annerl. So, wo denn 'leicht?

Michel. In St. Jakob!

Annerl. Geh, in unsern lieb'n Heimatdörfl?

Michel. Ja! Weil gestern schon 's G'red' war von ein' g'wissen Kreuzel, das dir der Pfarr' g'schenkt hätt' und das d' heut tragen wurdest, bin ich fruh aus 'n Ort und über die Berg'; in St. Jakob hab' ich richtig mein' Mutter in der Kirch' 'troffen. Du weißt, sie hat – wie s' euer Sacherl nach deiner Mutter ihr'n Tod verkauft hab'n – der ihr Betbüchel mit der silbern' Schließen erstanden, das hab' ich ihr mit vieler Müh' abbettelt *(zieht ein Tuch hervor, aus dem er das Gebetbuch wickelt)* denn ich hab' mir denkt, du könnt'st 'leicht a geistliche Stärkung brauchen, und wenn dir der Herr Pfarrer 's Kreuzel von seiner seligen Mutter schenkt, so kann ich dir nix G'scheiteres bringen, als a Betbüchel von dein' Mütterl – Gott hab's selig!

Annerl *(preßt das Buch an die Brust)*. Michel, du bist a grundguter Bub!

Michel. Na, wann d' nur einsiehst!

Annerl. Wie kann ich dir danken, Michel? Mein' Seel', ich bin's nit wert, daß d' dir all die Müh' nimmst für mich.

Michel. O du heiliger Joseph, wann d' nur net so dalket daherredest! I weiß ja eh'nder, daß d' mir nix dafür geb'n wirst, und that doch alles für dich, wann du's a nit verdienst. I weiß nit, wie's kämma is, aber du bist mir 's Liebst' auf der Welt!

Annerl. Geh, du thust grad, als ob ich die G'wisse wär'!

Michel. Die mich aus St. Jakob vertrieb'n hat, weil s' durchaus nix hat merken woll'n – die mir, weil ich s' in Kirchfeld allweil im Gedanken g'habt hab', anfangs d'Arbeit g'waltig sauer g'macht hat – der ich ausg'wichen bin, gleichwohl s' herkämma is, wie 's brennte Kind dem Feuer – und der ich jetzt zulauf', wo ich denk', daß s' ein' rechten, aufrichtigen Beistand braucht? Ja, ja, Annerl, du bist's – meiner Treu', du warst, bist und bleibst mein Schatz und gleichwohl brauchst nit rot z' werden und nit auf d'Seit' z' schau'n, brauchst, was i dir g'sagt hab', a nit g'hört z' hab'n, ich bin dir drum doch nit harb; in Gott's Nam' will i mi a dreinschicken, wie ich nie was Schlecht's von dir derlebt hab', daß i a nix Lieb's derleb!

Annerl *(faßt seine Hände)*. Du bist doch mein rechter, aufrichtiger Freund! Michel, das gedenk ich dir, solang' i leb'!

Michel. Das war' recht schön – wann d' aber heirat'st!

Annerl. Ich werd' nit heiraten!

Michel. Ich auch nit.

Annerl. Geh, du wirst schon eine finden, die dir taugt.

Michel. I mag aber net – ich schau' mich a gar net um, just nit.

Annerl. Du mußt nit so kapriziert sein.

Michel. Ich bin eh' nit kapriziert. Sag' ich net: du haltst's, wie d' willst? Und ich a – und mir steht kein' andere an.

Annerl. Laß g'scheit mit dir reden!

Michel *(verdrießlich)*. A ja, ich bin grad zu de Dummheiten aufg'legt!

Annerl. Du bist a guter Bub, wurd'st a rechtschaffener Mann, a jede müßt' dir gut werd 'n und könnt' mit dir auskommen!

Michel. Wann d' all das so gut weißt, was nimmst mich denn nachher nit selber? – Annerl, meiner Treu', 's Maul hab' ich heut amol aufthan und werd's a nit eh'nder zumachen, bis ich dir alles g'sagt hab'! Ja, dir z'lieb' wurd' ich alles, was d' nur verlangst – aber krieg' ich dich net, auf Ehr', bei meiner armen Seel', ich schwör' dir, das kannst mir glauben, ich weiß nit, was aus mir wird! Und, Annerl, sei g'scheit, schau a auf dich, du weißt, wie aufrichtig ich's mit dir mein', ich weiß a, daß d' mir nit feind bist, wir werd'n miteinander recht gut auskamma, und schlagst heut ein, is das ganze G'red' wie wegblasen, du bist mein recht's Weib, schaffst und schalt'st in meiner Hütten, kein Finger deut' mehr nach'n hochwürdigen Herrn und alles, wie's in Ehren war, bleibt a in Ehr'n!

Annerl *(ernst)*. Du meinst's recht.

Michel. G'wiß!

Annerl *(feierlich, mit ganz wenig Humor, so daß der Effekt nur für den Zuschauer ein klein wenig drastisch wird)*. Und wann's dein wahr', dein heilig' Ernst und Fürnehma is, so will i a nit die Sünd' auf mich nehmen und ein' ehrlichen Buab'n ablaufen lassen, der leicht Schaden nahm in Zeit und Ewigkeit, wann er kein recht's Weib kriegt; ich will a den Leuten im Ort kein' Ursach' zu mehr G'red' und den Dirndln kein übel Beispiel geb'n, nit a hochnaserte, hoppertatscherte Gredl machen, die sich z' gut halt' für ihr's gleichen. Red mit'n hochwürdigen Herrn und begehr mich von ihm. *(Gibt ihm die Hand.)*

Michel *(preßt sie an sich)*. Juhu! *(schlagt sich erschreckt auf den Mund.)* In einer Viertelstund' bin ich wieder da! Jetzt b'hüt dich Gott, herzlieber Schatz! Mir is so leicht und i hab' so viel Kuraschi in mir. B'hüt dich Gott! *(Halblaut.)* Jetzt setzt's was!

Annerl. Michel!

Michel *(an der Thür)*. Was?

Annerl. Wohin gehst denn?

Michel. A bissel nachschau'n ins Wirtshaus und wann etwa a paar da sein von dö, die mich gestern 'nausg'worfen hab'n, da werd'n wir sehen, wer heut der Stärkere is!

Annerl. Ich bitt' dich –

Michel. 's nutzt nix, die Schandmäuler soll'n mich kennen lernen. G'rauft wird!

Annerl. Michel, sag' ich.

Michel *(wendet sich)*. Ja!

Annerl. Rauf nit, thu mir's z'lieb und rauf nit.

Michel. Du bitt'st noch für sie? Grad drum soll's ihnen nit g'schenkt sein! Aber weil du's bist, weil du für sie bitt'st – du bettelst 'n Teufel 'leicht a arme Seel' ab. *(Zieht sie an sich.)*

Vierte Szene.

Vorige*. *Hell* *(tritt à tempo rasch ein, bleibt, wie er die Gruppe sieht, einen Moment stehen und kommt dann langsam nach dem Vordergrund, währenddem kleine Pause).

Annerl. Es war nix Unrecht's, hochwürdiger Herr, wir haben uns versprochen.

Michel. Ja, alle zwei miteinander und ich schon gar!

Annerl. Es war a nix Unüberlegt's!

Michel. Dös g'wiß net, ich weiß, wie ich ihr hab' zureden müssen.

Hell *(schüttelt den Kopf)*. Du willst fort? Weißt du auch, daß ich das Vertrauen meiner Pfarrkinder eingebüßt habe, weißt du auch, daß sich alle von mir gewendet haben?

Annerl *(nickt traurig)*.

Hell. Und doch! Nun denn, wenn dieser Tag zu Ende geht, so kann ich mein Haupt mit dem Gedanken tief, tief in meine Polster bergen, daß ich keine einzige Seele, daß ich kein einziges Herz mehr zu verlieren habe! Wenn ich doch wüßte, womit ich das um euch verdient habe! Zwar mag es klug sein, von *dem* zu gehen, den alle meiden; nur dich, Anne, hätte ich nicht für so klug gehalten; und sei es, ich will dir nicht weh' thun, du kennst mich ja nicht so lange, wie sie alle, die ich jahrelang geleitet, die ich zusammen geführt habe zur Eintracht in Leid und Freud', zum freien Ausblick in die weite Gotteswelt und drüber hinaus ins Land der Sehnsucht, sie waren eins unter sich, eins mit mir, *sie* sollten mich doch kennen! Vor ihnen bin ich offen gewandelt und sie konnten in all mein Thun und Lassen blicken – woher denn nun plötzlich der Zweifel an mir, an allem, was ich bisher gethan, doch nur für sie, und nicht nur der Zweifel an mir, auch der Zweifel an alle dem, was ihnen dies Kleid, das ich trage, vor Augen halten sollte!

Annerl. So mußt nit denken, du thät'st ihnen und mir unrecht; du mußt dir's nit zu Herzen nehmen, daß sie jetzt abwendig thun, wo sie glauben, daß sie sich geirrt haben in dir, das soll dich just stolz machen, denn nit dein Kleid ist's, hochwürdiger Herr, du, du selber bist's, an was sie sich gehalten hab'n, dir sind sie gekommen, dir haben s' vertraut, du bist ihnen alles und drum reden s' und thun s' nit fein, wann s' glauben, daß sich eins zwischen dir und ihnen eindrängen möcht', denn sie wollen, wie bisher, dein' ganze Sorg', dein' ganze Lieb' für sich – es sein rechte Neidteufeln, aber sei ihnen nit bös, sei auch mir nit bös, weil ich geh', weil ich nit möcht', daß sie von mir denken: ich möcht' mich eindrängen. Ich hab' dir zug'lobt, ich werd' dir treu dienen und ich mein' zu Gott, ich kann dir nit treuer dienen, als wann ich jetzt geh' und so geh', wie d' mich da siehst, für immer aus'm Pfarrhof, hinaus auf'n Lebensweg, Hand in Hand mit ein' braven Bub'n, dem ich nit feind sein kann, und nach'm alten Sprüchel: gleich und gleich taugt! Morgen werden wir zwei das ihnen schon sagen und alles sagen, was dir und uns taugt und wie's über Nacht kämma is, was dich kränkt, so soll's a wieder über Nacht 'gangen sein; nur mußt mir nit schwer machen, was sein muß, wann du – so a Mann – nit die

Stärk' hätt'st, woher sollt' ich's nehmen? Ich bin nur a Weib, aber du bist ja mehr als ich, nur du, hochwürdiger Herr, laß dich's nit anfechten, nur du laß dir nix anhaben, daß was geschieht, nit umsonst geschieht. *(Ausbrechend.)* Denn sonst, mein' Seel', sonst lasset ich's gleichwohl sein, wann's für nix sein sollt', und haltet treu bei dir aus bis ans End'.

Michel *(stupft sie erschreckt mit dem Ellbogen).*

Hell. Suchst auch du deine Stärke in der Pflicht und mahnst mich an die meine, euch die eure tragen zu lehren und tragen zu helfen?! Du bist mir wenigstens echt geblieben, Anne. Geh denn mit Gott!

Annerl. Und noch ein schönes Gebitt' hätt' ich an dich. Nit wahr, du gibst uns selbst vorm Altar z'samm', du schickst uns kein' andern, du bist auch da dabei, wo du nit fehlen darfst?

Hell *(fährt mit der Hand gegen die Stirne).* Davon ein andermal – jetzt – jetzt nicht! *(Winkt ihnen zu gehen.)*

Annerl. Ich geh', aber so schick mich nicht von dir; zeig mir, daß du zufrieden bist mit mir und sag mir auch jetzt zum letzten die lieben Wort', die du mir zum ersten g'sagt hast, wie d' mich aufg'nommen hast bei dir, sag mir, daß ich auch da recht gedacht hab' und brav!

Hell *(legt ihr erschüttert die Hand aufs Haupt).* Recht und brav! *(Sinkt in den Stuhl.)*

(***Annerl*** *und* ***Michel*** *durch die Mitte ab.)*

Fünfte Szene.

Hell. Brigitte.

Brigitte *(atemlos aus der Mitte)*. Hochwürdiger Herr, Herr Pfarrer!

Hell. Brigitte, was hast du?

Brigitte. O du mein Gott! 's ganze Dorf is in der Höh' – das Unglück – dem Wurzelsepp sein alt' Mütterl hat sich ins Wasser gestürzt und ist erst weit ober der Mühl' tot herauszog'n word'n!

Hell. Hat man auch alles versucht, sie ins Leben zurückzurufen? Ich will doch selbst –

Brigitte. Der Physikus is schon am Ort, alles hab'n s' 'than, frottiert, aderlassen; aber 's hilft nix, das arme alte Leut bleibt tot. Der Wurzelsepp rennt wie narrisch im Ort herum.

Sechste Szene.

***Vorige**. (Die Thüre wird aufgerissen, in derselben erscheint bleich, verstört, mit wirrem Haar) **Wurzelsepp**.*

Brigitte. O du mein, da is er!

Sepp *(tritt ein und sagt zu Brigitte tonlos)*. Allein will ich mit'n Pfarrer reden.

Hell *(zu Brigitte)*. Geh nur!

Brigitte. Aber, Hochwürden –

Hell. Geh, Brigitte, und laß uns allein.

(Brigitte ab.)

Siebte Szene.

Sepp *und* ***Hell****. (Pause, während welcher Hell einen Stuhl faßt und ihn hinter Sepp rückt.)*

Sepp *(scheu)*. Ich dank', es that sich net schicken, ich kann schon noch stehn. Ich wollt' nur, ich könnt' mich leichter mit dir reden.

Hell *(gütig)*. Erschwere ich es dir?

Sepp. Nein, du hast recht, ich bin selber d'Schuld. *(Lauernd.)* Aber du, du hast ja damals g'sagt, du tragst mir nix nach, wann i a – wann i a alles ausplauder'? Ich weiß, du halt'st dein Wort! Aber mir verschnürt's doch die Red', daß ich zu dir kommen muß.

Hell. Fasse dich und rede; wenn du weißt, daß ich mein Wort halte, was ängstigt dich?

Sepp. Ich weiß, wie's auf der Welt zugeht, Dienst um Dienst, und ich möcht' gern wieder mit dir auf gleich werden. *(Trocknet sich den Schweiß von der Stirne.)* Du brauchst dich nit um die dummen Bauern zu ärgern, ich kann ja sagen, daß alles derlogen war und ein' Jux draus machen.

Hell *(ernst)*. *Das* lasse, da hast du nichts mehr gut zu machen, das ist vorbei, alles vorbei! Von *mir* weiter keine Rede, komme auf deine Angelegenheit!

Sepp *(ängstlich)*. Ich komm' lieber morgen, heut könnt'st nit aufg'legt sein, mich anzuhör'n, morgen, wenn's ruhiger im Ort worden ist, komm' ich wieder, da hör mich an und sei g'scheit, Pfarrer, denk auf dein' Vorteil, ich – ich hab' schon ein derspart's Sacherl daheim, wann's a nit viel is, denk halt christlich, ich komm' morgen! *(Wendet sich.)*

Hell. Halt! Zu zweien Malen, Sepp, bist du in mein Haus gedrungen; das erste Mal geschah es in keiner freundlichen Absicht, das zweite Mal, ich weiß es – bei dieser leidvollen Stunde – geschieht es in keiner schlimmen. Beide Male tratest du mir nicht offen entgegen, beide Male kamst du lauernd an mich herangeschlichen; hinter lauernde Demut verbargst du deinen Haß, um mir zuzurufen: zwei Wege ins Elend und keiner ins Freie – und doch, siehe, ich gehe den dritten Pfad, den Weg des Leidens zur Pflicht und auf diesem begegne ich dich! Als ich dies Kleid anzog, hab' ich dem traurigen Anrechte des Hasses, wieder zu hassen, entsagt, dem ewig menschlichen an dem Leid habe ich – konnte ich nicht entsagen; das Leid ist so allgemein wie das Sonnenlicht und wir alle haben oder nehmen teil daran; warum nun verbirgst du hinter lauernde Angst auch dein Leid? Kann dich nicht einmal der Schmerz als Mensch zu Menschen sprechen lehren? Und wenn dir das Mißtrauen mit tausend Fasern im Herzen wurzelte, es soll, es muß heraus! Jetzt habe ich dich da, wo ich dich haben wollte, aber ich freue mich nicht darüber, denn mich bewegt's im Tiefsten der Seele, daß ich dich jetzt markten und feilschen sehen muß. Rede mit halben Worten, stammle unter Thränen und ich will dich verstehen, nur rede mir menschlich! Du willst mir erst Dienst gegen Dienst, dann Geld bieten?! Willst du, daß ich eure Hütte aus den Händen der Gläubiger löse, hast du ein Stück Vieh zu verkaufen? Was willst du *denn,* daß du mir so sprichst zur nämlichen Stunde, da in deiner Hütte der Leib zum letztenmal auf das Lager gebettet wird, der dich getragen, da das Herz stille steht, unter dem du gelegen, da die Augen gebrochen sind, die manche kummervolle Nacht über dich gewacht haben, da die Lippen geschlossen sind, die oft für dich gebetet!

Sepp *(sinkt laut schluchzend in den Stuhl).*

Hell *(rückt einen Stuhl nahe an den Sepps und legt dann die Hand beruhigend auf dessen Knie).* Sepp!

Sepp *(erhebt sich aus seiner gebeugten Stellung und blickt den Pfarrer an).*

Hell. Rede getrost, ich weiß es nun, du wirst mich um nichts bitten, was ich dir versagen kann und darf.

Sepp *(trocknet sich die Augen und sieht den Pfarrer groß an).* Du kannst's! Mir und ein' jeden!

Hell. Was wäre das?

Sepp. Du weißt, mein' Mutter hat ihr'n Leb'n selbst ein End' g'macht, es laßt sich nicht laugnen; ich sag' dir aber, wenn sie auch letzte Zeit nimmer in d'Kirch' kämma is, sie war doch a fromm's Weib, sie hat ihr Lebtag viel g'halten auf a ehrlich's christlich's Begräbnis, sie hat selbst von ihr'n armseligen Spinnverdienst was auf d'Seit' g'legt aufs letzte, was sie sich g'wünscht hat, *(ausbrechend)* und wenn ich jetzt denk', daß das alles für nix war, daß 's letzte, was sie begehrt, nit sein soll, daß man sie – als Selbstmörderin – außer'n Friedhof, wie ein' Hund, verscharren wird!

Hell *(fährt empor, Sepps Schultern mit beiden Händen anfassend)*. Sepp, Sepp, was willst du denn aus mir machen?! Nicht dir, noch irgend einem weigere ich die geweihte Erde für seine Toten! O, Sepp, kennst du mich denn gar so wenig, daß du nicht wußtest, bevor du deine Bitte vorgebracht, daß ich nicht nein sagen werde, nicht kann, ja nicht darf, wenn jene Stimme in mir recht hat, die laut aufschreit über diese letzte Barbarei, an dem Wehrlosesten, nicht an dem Toten, an den unser Gericht nicht mehr reicht, nein, an den trauernden Hinterbliebenen, in deren vor Weh erzitterndes Herz wir den glühenden Stachel der Unduldsamkeit drücken! Laß das – davon nichts mehr, Sepp! Deine Furcht war kindisch, deine Bitte ehrt dich, deine arme Mutter soll ehrlich begraben werden.

Sepp *(sieht ihn groß an)*. Verzeih mir, Pfarrer, so hab' ich dich nit 'glaubt, du redst viel anders als der frühere; aber die Leut' im Ort denken vielleicht doch noch so wie der! *(Bitter.)* Und ich, grad ich, hab's sein müssen, der dir's abg'red't hat!

Hell. Beruhige dich, ich werde ja selbst die Leiche zu Grabe geleiten, ich werde für die Tote sprechen, ich werde die Gemeinde für sie beten lassen und alle werden sie Amen sprechen und keiner wird ihr die geweihte Scholle neiden.

Sepp *(faßt Hells Hände zitternd in seine beiden)*. So thust *du* an *mir?!* – Das vergiß ich dir all mein Lebtag net! Ich dank' dir zu tausend- und tausendmal! *(Wendet sich.)*

Hell. Noch eins, Sepp, ich habe an dich eine Bitte.

Sepp. Du an mich?

Hell. Wenn man die Leiche deiner Mutter zur Kirche bringt, so wirst du nicht außen bleiben können; du wirst sie nach langer Zeit wieder einmal betreten müssen; solltest du etwa Stimmen um dich flüstern hören: daß du nun doch einmal dort bist, so bitte ich dich, verzeihe das, laß dir deinen Schmerz nicht durch ein Gefühl der Demütigung verbittern, denn du kommst ja nicht mir, dein Kommen bereitet mir keine Freude; du kommst ja auch nicht *zurück*, denn dir steht es frei, zu gehen und wieder fern zu bleiben, wie früher, als ob du nie gekommen wärest.

Sepp *(ergriffen)*. Du redst ein' in die Seel' hinein, als ob d' wüßt', was einer sich z' tiefst drein denkt. O du mein Gott, wann du früher kämma wärst, ich wär' nit a so, wie ich jetzt bin.

Hell. Und mußt du denn so bleiben, wie du bist? Sepp, ich habe dich lange gesucht und du wolltest dich nicht finden lassen, und heute suchtest du mich und ich glaube, du hast mich gefunden, *wie* du mich gesucht hast! Geh darum nicht von mir, ohne mich gehört zu haben. Ich weiß, dir ist in der Zeit des Leidens der Funke der Hoffnung aufgegangen, wie ein Licht, das die Nacht nicht überdauern kann, und der aufsteigende Qualm verschleierte dir den Glauben. Der göttliche Funke kam von oben und wenn er nimmer in dir glimmt, hab' ich ihn anzufachen keine Macht; du glaubst zurückweisen zu können, was Tausenden zu glauben und zu hoffen Trost bringt, und siehe, ich dringe nicht in dich und rufe: glaube und hoffe! Aber eins, Sepp, kannst du nicht zurückweisen, du bedarfst's – du bedarfst es, du hast es bei mir gesucht mit Bangen und Zagen, du rufst es nun bei allem an, dir bringt es Trost, daß ich keinen Vorwurf, kein hartes Wort für dich habe, dir thut es wohl in deinem Leid, daß das ganze Dorf noch wach und betend auf ist – nenn es, wie du willst, nenn es Teilnahme, Mitleid, Erbarmen, es ist eins: es ist die *Liebe* – es ist die Menschenliebe. O laß dich halten an diesem einzigen Faden, den ich habe, dich zu binden, laß dich herausführen aus deinen Wildnissen, in denen du selbst verwilderst, heraus wieder zu uns, aus der Vereinsamung in die Gemeine – sei wieder unser! Was verlange ich denn von dir, das ich dir nicht wieder zu geben bereit bin? Sei wieder für alle, damit alle wieder für dich seien! *(Die Arme nach ihm ausstreckend.)* Willst du, Sepp?

Sepp *(mit voller Leidenschaft seine Kniee umfassend).* Mach du mit mir, was du willst; – du – du bist doch der Rechte!

(Gruppe.)

Vierter Akt.

In der Tiefe Wald mit mächtigen Föhren, darüber Gebirge. Etwas weiter vorne rechts das Portal der Dorfkirche, die vom Dorfe abseits liegt, dessen letzte Hütten man links rückwärts noch gewahrt, von welchen über einen Bach ein breiter praktikabler Steg schief gegen den Vordergrund rechts führt. Links ganz vorne ein Baum, vor welchem eine Rasenbank. Morgendämmerung.

Erste Szene.

Hell *(während der Vorhang aufgeht, sieht man denselben über den Steg schreiten, er kommt gedankenvoll nach links – aufatmend)*. Waldeinsamkeit! Hier erwarte ich den Tag, hier ist es still und ruhig ringsumher, hier will ich mein Inneres durchblättern wie ein Buch, in dem man nach verbot'nen Stellen fahndet! . . . Im Dorfe ist mir's schon zu lebendig, dort rüsten sie sich zu dem Ehrentage, dem Ehrentage der Brautleute und meinen, der den Schlußstein auf das lang schon wieder gewonnene Vertrauen der Gemeinde setzt. *(Wendet sich.)* Dort liegen die letzten Häuschen des Ortes im Morgengrau und jenes, vor dem ein Hügel Gerberlohe liegt, es ist das Wurzelsepps, aus ihm ist doch der alte Gerbersepp geworden. Kein Mißton quält mich mehr, ich habe wieder Herz und Hände frei. *(Gegen das Dorf.)* Da drinnen ist alles mit mir in Ordnung, *(auf sein Herz)* warum denn nicht auch hier? Was ist es denn, das in mir nun auch noch die Anerkennung meiner Obern fordert? Ehrsüchtig war ich sonst doch nie und dachte nie daran, erfüllte Pflicht mir lohnen zu lassen. Ein andere ist's, ein böser Gast ist bei mir eingekehrt – der Zweifel! Den Keim dazu, den legten Briefe meines Gönners, des Propstes aus Rom, in denen er mir sanft abrät, *die* Wege zu verfolgen, die ich bisher ging – und vollends großgezogen wurde er, als ich es sehen mußte, daß eben jenen Anerkennung und Auszeichnung ward, die nicht meine Wege gingen. Der Propst, er schreibt: bald würde alles klar, denn neue Meilenzeiger würden jetzt zu Rom gesetzt – geh' ich denn in der Irre, ohne es zu wissen? Das alles paßt zu dem, was jener Finsterberg mir sagte; macht denn heutzutage Aberwitz uns klug? Schlimm, schlimm, wenn ich an mir selber zweifeln müßte, und schlimmer, müßte ich's an andern –! Da – da – angesichts des schweigenden Waldes und der starrenden Berge, Hell, mach es dir klar, ob je ein Schritt, den du gethan, verstoßen hat gegen heil'ge Satzung. – Diese Föhren, diese Berge, an deren Fuße du jetzt der Sonne wartest, sie waren ja schon einmal – mondbeglänzt – die Zeugen jener Nacht, wo du vor dir selbst geflohen, wo du vor Schmerz verzagend dort in ihrem Schatten saßest – und – *(Böllerschuß. Echo in den Bergen. Musik. Tusch noch in der Ferne.)*

(Richtet sich empor.) Sie kommen – und die Berge haben geantwortet! *(Hochzeitsmarsch kommt immer näher.)* Sie gaben das Signal zurück: „Sie kommen!" Sie hallten's drängend siebenfach mir zu! Das heißt: laß die Bedenklichkeiten fahren; jetzt, wo du vor der That bei Tag und Nacht, zu jeder Stunde stehst, da sei bereit und lange zu, du darfst nicht auf den Lohn, den lahmen Boten, der immer hinter dem Geschehnen schreitet, warten, wenn du ihn wirklich dir verdienen willst, in einer Stund' der Rast mag er dich einholen und dir um so willkommner sein!

Zweite Szene.

Voriger. Der **Hochzeitszug** über den Steg. Voran die **Musikanten**, hinter ihnen **Sepp** mit einer Stange, worauf ein Blumenstrauß, dann **Michel** als Hochzeiter, zwischen zwei festlich geputzten **Bauernburschen**, **Bauern** hinterher,

dann **Annerl** als Braut, zwischen
zwei **Kranzeljungfern**, **Bäuerinnen**.

(Der Zug geht über die Bühne von links nach rechts und macht dann Halt, Hüteschwenken und Tusch der Musik begrüßt den Pfarrer.)

Michel *(holt Annerl aus der Mitte der Kranzeljungfern)*. Grüß Gott z' tausendmal, hochwürdiger Herr! Da sein wir, zwar rechtschaffen müd', aber munter wie die Fisch'! Die Annerl war seither bei meiner Mutter in Einöd und ich hab' s' auch von da her einholen müssen. Ich kann net viel Wort machen, aber du weißt's eh'nder, wieviel ich alleweil auf dich g'halten hab', ich war a wilder, narrischer Bursch, du hast mich z'rechtbracht, und von dein'm Segen derhoff' ich mir jetzt auch 's Beste!

Annerl *(blickt zu Boden)*. 's is recht schön, daß d' Wort g'halten hast, hochwürdiger Herr!

Michel. Na, dös hat sich von eh'nder verstanden: dös war no net da, daß der Pfarrer von Kirchfeld a Wörtl g'sagt hätt', bei dem's net blieben wär' wie beim Amen im Gebet.

Hell. Ihr seid vor der Sonne da!

Michel. Wir hab'n dich net warten lassen wöll'n und wir haben's wohl denken können, daß du schon am Platz sein wirst.

Hell *(zu Annerl gewendet)*. Du siehst recht schmuck aus.

Annerl *(blickt auf ihren Brautstaat, dann vertraulich)*. Dein goldig's Kreuzl mußt heut net bei mir suchen, Pfarr'. *(Auf die*

Kranzeljungfern deutend.) Schau, die hab'n g'meint, ich soll's umnehmen und 'glaubt, es that dich beleidigen, wann ich's heut nit traget; aber nit wahr, ich hab' doch recht g'habt? Ich hab' mir denkt, es that sich net schicken. Ich hab's z' Haus recht gut aufg'hob'n, will's hoch in Ehren halten und nach mein' Ehrentag erst will ich's ganz versteckt unterm Mieder trag'n; und kommt dann – wie's Gott schickt – Herzload oder Herzensfreud', wo ich selber nit aus weiß, wo das Herz mir höher schlagt, und ich press' d'Händ' ans Mieder, da erinnert mich das Kreuzl g'wiß an dich – und denk' ich dann an dich bei dem, was ich thu', ob 'st freundlich schauest oder zuwider, so hab' ich sicher 's rechte Fleckel troffen und weiß, was ich thun oder lassen muß. Es soll mir ein rechter Segen werd'n.

Hell. Das walte Gott!

Michel *(unruhig, drängend)*. Ich denk', wir gehn jetzt gleich vorauf in die Kirch'n.

Hell *(tritt unwillkürlich einen Schritt von beiden zurück, dann gefaßt)*. Geht diesmal mir voran! Ich folge euch!

Michel. Kumm aber fein gleich nach!

Hell. Bald!

(Hochzeitsmarsch beginnt wieder, der Zug setzt sich in voriger Ordnung in Bewegung und geht von rechts im Bogen beim Pfarrer vorüber in die Kirche. – **Sepp**, der seinen Stock militärisch präsentiert, die **Musikanten** und etliche **Bauern** bleiben außen; wie die letzten Paare unter dem Portal verschwinden, schließt die Musik. – Das **Orchester** nimmt piano den Hochzeitsmarsch auf und spielt seine Motive unter der Rede des Hell, bis, wo angedeutet, die Orgel eintritt. – Die Zurückgebliebenen entfernen sich, Sepp an der Spitze, und scheinen sich lebhaft zu besprechen.)

Dritte Szene.

(Melodramatisch.)

Hell *(allein, hat den Ellbogen an den Baumstamm gestützt und den Kopf in die Hand gesenkt, aufseufzend).* Es wird mir doch schwerer, als ich dachte – vor den Altar zu treten, das entscheidende, ewig bindende Wort ihr abzufordern! *(Voll Leidenschaft.)* O, wenn sie stammelte – wenn sie es nicht über die Lippen brächte – *(Erschreckt.)* Was dann? Was denn dann, Thor – bringt dir anderer Verlust Gewinn? Pfui, bist du noch nicht dein Meister geworden? Jetzt rasch hin vor den Altar, das sei deine Strafe – ohne Zaudern, ohne Ueberlegung – ohne Zucken deiner Wimper – ohne Zittern deiner Hände. *(Macht eine energische Bewegung gegen die Kirche, die Orgel ertönt.)* Ich komme! *(Hält stille.)* Laß noch ein wenig die kühle Morgenluft dir die heiße Stirne fächeln – laß diesen Sturm in deinem Innern erst vorübergehen – laß es ruhig werden in dir – mach dir klar, was du *mußt*, damit du es auch *vermagst*! Denk dich Aug' in Aug' vor ihr – denk dir, wie du ihr ehrliches Ja hörst – denk dir, wie du ihre Hand faßt und in die eines andern legst. *(Schlägt die Hände vors Gesicht.)* O du vermagst es *nicht! (Läßt die Hände darauf sinken.)* Du vermagst es nicht, ohne zu zeigen, wie dich's im Innersten erschüttert – und du willst noch von Entsagung jenen ehrlichen Seelen reden, die dich für stärker, für besser hielten, als du bist! *(Auffahrend.) Du mußt es können!*

(Choral mit Orgel.)

Die Stimmen der Gemeinde! Sie mahnen mich! *(Die Hand am Herzen.)* Was ziehst du dich zusammen, kindisch Herz, um nur für *ein* Bild Raum zu lassen, *(nach der Kirche)* wo doch die alle dort in dir ein Fleckchen wollen, das sie beherbergt? O, werde wieder weit, wie ich dich brauche, wie du es immer warst gewesen. wenn es sonst ein Opfer galt, und so wie sonst, wenn es gebracht ist, dann magst du höher schlagen! Nicht in ihr Auge will ich blicken, unverwandt auf die Gemeinde will ich schauen! War doch kein Opfer noch umsonst! O laß dich ganz von Opferfreudigkeit durchdringen, blick über alles auf ins Land der Zukunft und grüße mit vernarbten Wunden die Brüder jener Tage, denen dieses Kleid nicht mehr den Kampf zwischen Schande und Entsagung zur Pflicht macht! – O, wär't ihr jetzt zugegen, ihr, die ihr mir jede Anerkennung weigert – bei dieser Stunde, in der ich mich aus tausend Qualen gerungen – nun solltet ihr mir doch sagen müssen, was ich ja einzig nur zu hören wünsche: *Daß ich gethan, was man von mir erwartet!*

(***Voller Accord****, mit dem Orgel und Choral verstummt.)*

Hell *(stark)*. Ich komme! *(Rasch ab in die Kirche.)*

Vierte Szene.

Ueber den Steg, von wo sie früher abgegangen, Sepp, ***Bauern****, der* ***Schulmeister*** *von Altötting, der eine Tasche an einem Riemen um den Hals trägt, in ihrer Mitte.*

Schulmeister *(noch hinter der Szene)*. Nur keine Gewalt, ich verwarne euch!

Sepp *(indem er ruckweise den Schulmeister auf die Szene stößt)*. Komm nur, fürcht dich net, 's geschieht dir nix!

Schulmeister. Ich mache die ganze Gemeinde dafür verantwortlich, wie mir mitgespielt wird.

Einige Bauern. Aber Sepp, was hast denn mit'n Schulmeister?

Sepp. Seids nur stad, es kommt gleich! Schon seit gestern siech ich den Lump' da im Dorf bald ums Pfarrhaus und d'Kirch' herumschleichen, bald bei alte Betschwester und Brüder aus- und einschliefen; da hab' ich mir gleich denkt, der führt sicher was gegen 'nen Pfarr' im Schild und – na, er soll euch's nur selber sag'n, was er bringt!

Schulmeister. Gut – gut – das will ich – aber das bitt' ich dich, verirrte Gemeinde, unterbreche mich nicht und bedenke, ich bin hier in höherem Auftrage!

Sepp. Red nit so lange herum, ich weiß schon was d' bringst, du müßt' es nit Weibern auf'bunden hab'n.

Schulmeister. Geliebte, das Reich Antichrists ist nahe . . .

Sepp. Red nit vom jüngsten Tag – bleib bei der Stangen – red vom Pfarrer.

Schulmeister. Geliebte! Hört nicht auf diesen Ketzer, hört auf mich! Das Reich des Antichrist ist nahe und die gläubigen Scharen müssen sich zum Kampfe gegen ihn rüsten; überall hat er sich eingeschlichen, er hat hohe Würden im Lande an sich gerissen und setzt sich selbst vor den Augen des verblendeten Volkes auf die Kanzel! Aber die wahrhafte Frömmigkeit erblickt ihn unter jeder Larve und so hat sie ihn denn auch unter euch erkannt.

Bauern. Unter uns?!

Schulmeister. Unter euch! Und führt ihn darum aus eurer Mitte hinweg, damit er fürder eure Seelen nicht verderbe. Hier in dieser Tasche bringe ich die Formel, die ihn hinwegbannt – ja, Geliebte, ich kann sagen: ich stecke den Antichrist eurer Gemeinde in die Tasche! Der Wolf wird von der Herde hinweggejagt und der Hirte kehrt wieder!

Sepp. Verstehts ös dem sein Vorbeterdeutsch? Einfach in unsrer Sprach' heißt's: unsern Pfarrer jagen s' fort und ein' andern setzen s' uns her, der euch wieder 's Raufen und Saufen um 'n Beichtgroschen derlaubt!

Bauern. Was, der Pfarrer soll fort?

Schulmeister. So ist es.

Junge Burschen *(auf ihn eindringend)*. Dös gibt's net!

Sepp *(indem er den Schulmeister scheinbar gegen die Eindringenden deckt und ihm dabei heimlich Püffe erteilt)*. Halt, laßts 'n gehn, er steht unter mein' Schutz!

Ein alter Bauer. Wir hab'n's allweil denkt, dös kann so in derer Dicken nöt furtgehn – 's Konsisturi!

Mehrere alte Bauern *(gedehnt, unisono).* Ja – 's Konsisturi!

Schulmeister. Es wurde zuerkannt, dekretiert und ausgeführt, und mich beauftragte insbesondere ein Befehl des edlen Grafen von Finsterberg, dem Exkommunikanten zu intimieren, daß er vorab seiner Pfarre verlustig, jeglicher priesterlicher Funktion von Stunde ab unfähig und verbunden sei, sich sofort dem Konsistorialgerichte zu stellen, wo ihn für alle seine aufgehäuften Sünden die Sühne und Buße erwartet, welche – wie wir gläubig hoffen wollen – seiner Seele zum Heile gereichen möge!

Junge Bursche. Das lassen wir nit zu! *(Dringen wie oben auf den Schulmeister ein.)*

Sepp *(benimmt sich wie oben).* Fürcht dich net, ich lass' dir nix g'schehn!

Der alte Bauer. Ja ja, wir hab'n's ja eh'nder allweil g'sagt – 's Konsisturi.

Mehrere alte Bauern *(wie oben).* Ja – 's Konsisturi!

Sepp. Und glaubst, das lassen wir so hingehn, und soll's allesamt eins sein, wen s' uns da in die G'meind' setzen, wir soll'n den weglassen, der uns in d'Seel' g'wachsen is? Ich rat' dir' s gut, gib dein' Taschen heraus, dein' Papierwisch verbrennen wir und die Aschen kannst wieder mitnehmen, und wann d' 'leicht nicht nachlassen und wieder kummen willst, is's uns a Ehr'. *(Klopft ihm auf die Achsel.)* So oft der Stockfisch kommt, soll bei uns Aschermittwoch sein!

Schulmeister. Ketzer, wag das nicht!

Junge Bursche *(eindringend)*. Gib dös G'schrift heraus!

Sepp *(wie früher)*. Laßts ihn gehn,
ich perschwartier'n schon, daß er's mutwillig hergibt!

Schulmeister. Ich mache die ganze Gemeinde für den projektierten Frevel verantwortlich!!!

Sepp *(langt nach dem Riemen der Tasche)*. Gib her!

Der alte Bauer *(faßt den Riemen von der andern Seite)*. Halt aus, Sepp, bring kein Unglück über die ganze Gmoan, bedenk – 's Konsisturi!

Mehrere alte Bauern *(wie oben)*. Ja, 's Konsisturi!

Sepp *(zerrt den Schulmeister an sich)*. Ich gib net nach!

Junge Bursche *(fassen an der Seite, wo Sepp den Riemen hält, gleichfalls an)*. Gib die Taschen! Heraus damit!

Der alte Bauer. Aber Buama, seids doch g'scheit, denkts –

Mehrere alte Bauern *(wie früher, gleichfalls an der Seite, wo der alte Bauer den Riemen hält, anfassend)*. 's Konsisturi!

Schulmeister *(verschwindend unter dem Knäuel, der an der Tasche zerrt)*. Zu Hilfe! Zu Hilfe!

A tempo.

Fünfte Szene.

***Vorige**. (Aus der Kirche.) **Hell**, hinter*
*ihm **Michel** und **Annerl** und **alle** (die früher dahin abgegangen).*

Hell *(im Heraustreten)*. Wer ruft um Hilfe?

Schulmeister *(durch das Erscheinen Hells frei geworden, jedoch ist seine Tasche in den Händen Sepps geblieben)*. Ich habe mir diese kleine Freiheit genommen.

Sepp *(fast grob zu Hell)*. O, daß d' auch grad kommen mußt, wärst in der Kirch' blieb'n, du hätt'st von all dem nix z' wissen braucht und a nix davon erfahr'n!

Hell *(ganz vorkommend zum Schulmeister)*. Was habt Ihr?

Schulmeister. Eine kleine Botschaft, die man mich hier nicht bestellen lassen will, ich bitte in aller Demut, hochwürdiger Herr, verschaffen Sie mir meine Tasche wieder, damit ich meinem Auftrag nachkommen kann.

Sepp. Thu's nit, Pfarrer, thu's nit, glaub mir, die G'schicht geht dich gar nix an, sie betrifft uns, uns ganz allein!

Junge Bursche. Der Sepp hat recht!

Schulmeister. Dem erlaub' ich mir in Demut zu widersprechen; die Tasche, die man mir genommen hat, enthält ein kleines Dekret für Euer Hochwürden selbst.

Hell. Für mich? – Sepp, gib dem Manne sogleich die Tasche zurück!

Sepp *(die Tasche an sich ziehend)*. Nein – nein – ewig net!

Schulmeister *(zuckt die Achseln)*. Hochwürden, unter solchen Umständen muß ich jede Verantwortung einer Zustellungsverzögerung von mir weisen und ich halte mich meines Auftrages damit entledigt, daß ich es Euer

Hochwürden überlasse, dem Widerspenstigen selbst die Tasche abzufordern. *(Geht mit hämischer Verbeugung ab.)*

Hell *(zu Sepp)*. Nun, sei nicht kindisch, Sepp, öffne die Tasche und gib mir deren Inhalt.

Sepp *(sieht ihn erschreckt an)*. Ich – ich – sollt' dir das – nein, nein. *(Will die Tasche den Umstehenden aufdrängen, die sich aber weigernd zurückziehen.)* Da – da, nehmts einer, gebts es dem Pfarrer.

Hell *(ungeduldig)*. Sepp, ich denke, ich hätte doch etwas Gehorsam um dich verdient, mach ein Ende, gib das Verlangte, ich will's.

Sepp. Wann du mir so kommst, so muß ich freilich – *(Will die Tasche öffnen, kann es aber nicht. Zu den Umstehenden.)* Nestelts mir einer die Taschen auf, mir zittern die Händ'. *(Es geschieht, zu Hell.)* O, wenn d' mich auf die steile Wand stellest und sagest: stürz dich kopfüber hinunter, wär' mir gleich auch so lieb g'wesen, aber daß d' siehst, ich folg' dir. *(Er überreicht ihm das Dekret mit zitternden Händen und abgewandtem Gesicht.)* Da hast!

Hell *(ernst werdend)*. Was ist's denn, das dich so ergreift? Sei nicht thöricht. Weißt du denn, was diese Schrift enthält? Es wird nichts von so hoher Bedeutung sein!

Sepp *(ausbrechend)*. Nein, nein – nichts – gar nichts, als daß sie dich verfluchen, daß sie dich fortjagen, daß du kein Geistlicher mehr sein darfst und daß du dich beim geistlichen Gericht verantworten sollst.

Hell *(erstarrt)*. Unmöglich!! *(Oeffnet langsam das Siegel und dann das Dekret. In der umstehenden Gruppe höchste Bewegung.)* Alles wahr! *(Sinkt, den Kopf in die Hände gestützt, auf der Rasenbank zusammen.)*

Annerl. Jesus! *(Stürzt zu seinen Füßen.)*

(Sepp und Michel treten rasch heran.)

Lustige Jagdmusik.

Sechste Szene.

Vorige. *Ueber den Steg zieht* ***Finsterberg*** *mit Jagdgefolge, das den Hintergrund füllt, der* ***Schulmeister*** *ist an des Grafen Seite.*

Finsterberg *(schreitet, ohne von den Anwesenden Notiz zu nehmen, so daß er mit dem Rücken gegen Hell zu stehen kommt, im Gespräche mit dem Schulmeister vor)*. Also Er hat seinen Auftrag ausgerichtet, Schulmeister?

Schulmeister. Zu dienen, Excellenzherr; wenn Sie einen gnädigen Blick über dero hochwohlgeborene Achsel zu werfen geruhten, würde Sie der Augenschein davon überzeugen.

Finsterberg. Gut. Er hat doch meinen besonderen Auftrag nicht vergessen und einer gewissen Trauung nicht vorgegriffen, und dieselbe den letzten Akt der Priesterlaufbahn des Exkommunikanten sein lassen?

Schulmeister. Ich habe mich allerunterthänigst nicht vorzugreifen unterstanden.

Finsterberg *(wendet sich etwas gegen Hell, höhnisch)*. Gut, dieser letzte Akt war ja eine edle Handlung und man soll uns nicht nachsagen, daß wir eine edle Handlung gehindert hätten. *(wendet sich wieder ab.)* Nun auf zur Jagd! Ich werde heute keinen Fehlschuß thun, ich habe eine sichere Hand!

*(**Jagdmusik**, unter welcher Finsterberg samt Gefolge wieder und zwar hinter der Kirche abzieht, Schulmeister mit ab.)*

Siebente Szene.

***Vorige** ohne **Finsterberg**, **Schulmeister** und **Gefolge**.*

Hell. *(Kleine Pause. Hebt langsam das Haupt).* Dieses Opfer – *umsonst* – und verhöhnt! *(Steht langsam, aber stramm sich in die Höhe richtend auf.)* Vorbei alles! *(Zur Gruppe Wurzelsepp, Michel, Annerl, die ihn zunächst umgibt, plötzlich wie ganz abspringend.)* Was erzählte man doch kürzlich von dem Kaplan Cyrill?

Sepp *(sieht ihn verwundert an).* Meinst den Kaplan von St. Egydi, den man ertrunken aus'n Bach 'zogen hat? Mein Gott, da reden die Leut' viel; die ein' sag'n, er wär' selber ins Wasser 'gangen, die andern, er wär' verunglückt!

Hell. Auch er sollte sich verantworten; die Wege über die Gebirge sind jetzt gefahrvoll, die Frühlingsluft ist lau, da gehen die Lawinen nieder, das Gestein verbröckelt . . . Ihr seid treue Seelen, wenn ihr hören solltet, daß ein Mann, den sein Weg durchs Gebirg' geführt, tot aufgefunden wurde, so sagts nicht wieder – um der „Sache“ willen –, daß ihr ihn kennt!

Annerl *(fällt sprachlos weinend dem Michel um den Hals).*

Michel. Annerl, du bist ein grundg'scheit's Weib, verschreck dich net, sei kuraschiert, dös mußt du auf gleich bringen. *(Geht mit Wurzelsepp zurück. Beide entfernen sich mit den Bauern nach dem Hintergrunde. Hell, in Gedanken versunken, und Annerl im Vordergrunde.)*

Annerl *(fährt sich mit der Schürze über die Augen und tritt dann entschlossen auf Hell zu)*. Hell – hochwürdiger Herr!

Hell *(wendet den Kopf)*. Du, Anne?

Annerl. Laß mit dir reden! Ich bitt' dich um Himmels willen, hör auf mich! Du hast vom Kaplan Cyrill a Wörtl fallen lassen – himmlischer Vater, willst du's bei dem End' anfassen?

Hell. Laß mich, Anne, frage nicht! Ich stehe niemandem mehr Rede, als dem dort oben!

Annerl. O, nur so, nur so red nit! *(Mit steigender Erregung.)* Du darfst's nit, Pfarrer, du mußt das Deine tragen, bei dem, was in derer Stund' zentnerschwer auf mir liegt, du mußt! Du weißt, ich hab's auf mich g'nommen, weil ich um dich alles, alles ertragen hätt', nur kein' Fleck auf deiner Ehr'! Ich schau' nit um, ob noch a Weib mir gleich und so stark wär' als ich; ich hab' jetzt nur dich vor Augen, du mußt der bleiben, der du gewesen bist, der Mann, dem keiner gleich is, zu dem ich aufschau'n kann in meiner Not wie zu ein' Schutzheiligen, und was mir Gott noch als Prüfung oder die Welt aus Bosheit zulegt, ich will's geduldig und aufrecht erwarten, nur von dir, von dir darf mir nix dazu kommen, nur an dir darf ich nit irr' werd'n, da brechet ich drunter z'samm'!

Hell *(bewegt)*. Anne!

Annerl. O, schau nit so ung'wiß, als ob d' noch nicht wußtest, was d' thun sollst. Solang Kirchfelder leben, die dich kennt hab'n, wird von dir alleweil die Red' sein als von ein' guten, braven, rechtschaffenen Mann, der so vorang'leucht' hat, daß man ihm getrost Tritt für Tritt hat nachgehn können, bis zum letzten – bis zum letzten! Da is's freilich aus, da verschnürt's dann ein' jeden d'Red' und wo man's auch erzählt, die G'schicht vom braven Pfarrer, auf'n Feld, unter'n freien Himmel oder vom Ofenwinkel in der Spinnstub'n, da wird's auf amal ganz stad werd'n; von dö Alten wird keiner weiter frag'n, die haben's nur do noch einmal mit erlebt, daß ein rechtschaffener Mann zu Grund geht und verdirbt, aber die Jungen werd'n fragen, die woll'n, daß d'G'schicht ein' Ausgang und ein' rechten hat. Für dö, dö noch vertrauensvoll in die Welt gucken, taugt die Erfahrung nicht; soll ich den Ausgang 'leicht dazulüg'n, Pfarrer, dös hast uns nit g'lernt, und wie soll'ns hernach 'mal die Alten im Ort ihren Kindern erzählen die G'schicht vom braven Pfarrer von Kirchfeld?

Hell. Die nach uns kommen, die sollen Achtung uns bewahren können, die sollen nicht die Wege rings voll Steine finden, die wir ihnen heut schon ebnen können – die sollen uns nicht faule Knechte schelten – ich halte aus – ich harre aus! Anne, sag, sag einst auch deinen Kindern, nicht bis ans Ende seines Glückes, bis zum letzten Hauche war er sich selbst getreu und hat festgehalten an dem Rechten und dem Wahren. O, du hast die rechte Saite angeschlagen! *(Lächelnd.)* Du bist klug.

Annerl *(in bäuerischer Freude die Zähne zusammenbeißend und die Hände geballt vor sich gestreckt, fast jauchzend)*. Und schön und brav, wie dein' Schwester! So hast schon einmal g'sagt: O, jetzt ist alles gut; wenn deine Augen so leuchten, wenn du dich aufricht'st in deiner ganzen Höhen, da bist wieder der alte! *(Bei diesem Ausbruch des Jubels drängen sich alle aus dem Hintergrunde teilnehmend herzu.)*

Michel. Sie hat's richtig z'weg'n 'bracht!

Sepp. Du bleibst also bei uns, du gehst net fort?

Hell. Ich gehe! Ich gehe hin, wie Luther einst nach Worms. Ich trete meine Strafe an und warte still, was nächste Zeiten bringen, vielleicht ruft eine freie Kirche im Vaterlande mich, ihren treuen Sohn, zurück aus der Verbannung, wo nicht, so will ich dort an Stelle durch eiserne Beharrlichkeit, die sich nicht schrecken noch kirren läßt, sie ahnen lassen, daß denn doch die Ideen, die die Zeit auf ihre Fahnen schreibt, mächtiger sind, als *eines* Menschen Wille! Kinder, obwohl sie euch gesagt, ich sei kein Priester mehr, so drängt's mich doch, mit einer priesterlichen Handlung von euch zu scheiden – nehmt keiner dran ein Aergernis – denn wahrlich, ich greife damit nicht in *ihre* Rechte, denn längst verlernten sie *das* Wort, das ich nun zu euch von ganzem Herzen spreche: Ich *segne* euch!

Gruppe: Hell *in der Mitte, alles kniet,* ***Michel*** *und* ***Annerl*** *zu beiden Seiten;* ***Wurzelsepp****, der sein Haupt in den Händen birgt, etwas zur Seite.*

Sonnenaufgang*, in der Ferne* ***Jagdfanfare****,*
das ***Orchester*** *fällt mit* ***Schlußaccord*** *ein.*